WOLFDIETRICH SCHNURRE

EIN FALL FÜR HERRN SCHMIDT

ERZÄHLUNGEN

MIT EINEM
AUTOBIOGRAPHISCHEN NACHWORT

PHILIPP RECLAM JUN. STUTTGART

Universal-Bibliothek Nr. 8677
Mit Genehmigung des Walter-Verlages Olten.
Gesetzt in Borgis Garamond-Antiqua. Printed in Germany 1976
Herstellung: Reclam Stuttgart
ISBN 3-15-008677-9

EIN FALL FÜR HERRN SCHMIDT

Der Gendarm hatte in jenen Tagen gerade in einem der Nachbarorte zu tun, wo schon wieder auf rätselhafte Art einige Hühner verschwunden waren, daher riet der Bürgermeister Franz Schurek, sich an ein Büro in der Kreisstadt zu wenden; und Franz Schurek tat es, und sie schickten einen Herrn Schmidt.

Dieser Herr Schmidt war ein kleiner, nicht sehr beweglicher Mann mit Glatze, Wickelgamaschen, Spazierstock und einem ständig beschlagenen Zwicker auf der Nase. An der Weste hatte er sich eine Stahlklammer befestigt, die eine Mütze hielt, wie sie in der Großstadt die Zeitungsfahrer aufhaben. Sie baten ihn in die Küche, und Frau Schurek setzte ihm ein Glas Milch und einen Teller voll Leberwurstbroten vor; aber noch ehe er fertig war, fragte Franz Schurek, ob er satt sei, und Herr Schmidt hörte sofort auf zu essen und sagte, ja, danke.

„Es handelt sich um Bertram", sagte Franz Schurek.

„Aha", machte Herr Schmidt.

„Er ist nämlich seit fünf Tagen verschwunden", sagte Frau Schurek.

„Ausgerechnet jetzt in der Ernte", sagte Franz Schurek; „'ne Rücksichtslosigkeit von dem Bengel. Aber so sind die, so sind die alle."

Herr Schmidt sah, wie Frau Schurek ihren Mann unter dem Tisch anstieß.

„Wir sind nämlich sehr in Sorge um ihn, müssen Sie wissen."

Ja, sagte Herr Schmidt, das wisse er. Bertram sei ein Flüchtlingskind –?

„Nanu", sagte Franz Schurek, „woher wissen Sie 'n das?"

„Ich sah seine Schuhe“, sagte Herr Schmidt; „hat er noch ein Paar außer denen im Flur?“

„Wie soll ich ’n das wissen“, sagte Franz Schurek.

„Doch“, sagte Frau Schurek, „er hat noch ein Paar.“

„So, so“, sagte Herr Schmidt. „Und wie alt ist er, unser – Bertram?“

„Vierzehn“, sagte Frau Schurek, denn ihr Mann hatte auf einmal keine Lust mehr zu antworten.

„Aha“, machte Herr Schmidt. „Ich bin Ihnen sehr verbunden für Ihre Auskunft. Ich werde Sie über den Stand der Dinge auf dem laufenden halten, Frau – äh –“

„Junge, Junge“, sagte Franz Schurek, „da haben sie uns aber einen geschickt. Findste nicht auch, daß er ’n bißchen *zu* neugierig ist für seinen Beruf?“

„Du mußt vorsichtiger sein, Franz; der ist nicht so dumm.“

„Komm, werd nicht drollig. Bin ich vielleicht ’n Verbrecher?“

„Red nicht so was!“ Frau Schurek bekreuzigte sich. „Haste gesehn, wie er dauernd den Katzennapf angeglotzt hat?“ Sie nahm den Napf auf und betrachtete ihn. „Was es an dem zu sehn gibt, möcht’ ich wissen.“

„Wozu steht ’n der überhaupt noch hier rum“, sagte Franz Schurek; „das Aas ist doch längst getürmt.“

„Ja doch“, sagte Frau Schurek, „stell ’n ja schon weg.“

Herr Schmidt ging unterdessen erst mal zum Lehrer. Der war jung, und es stellte sich heraus, daß er Bertram sehr gut, Herrn Schmidt jedoch gar nicht leiden mochte. Herrn Schmidt gefiel das; nichts war ihm verhaßter als Leute, die Kriminalbeamten gegenüber geschwätzig waren. Ob er ihm aber nicht wenigstens sagen könne, womit Bertram sich in seiner Freizeit beschäftige.

„In was –?“ fragte der Lehrer.

Das war so ziemlich die einzige Antwort, die Herr Schmidt von dem Lehrer bekam.

Er ging darauf noch zum Geistlichen des Orts. Der war ein milder älterer Herr, der gerade in seinem Garten die Rosen aufband.

„Ja, dieses Kind –“, sagte er. „Überhaupt dieses Leben –! Manchmal hat selbst unsereins Anfechtungen. Was glauben Sie, wie mir da diese Blumen hier helfen; es ist wirklich wahr. Immer kurz vor der Sonntagspredigt gehe ich hier ein wenig hin und her. Sofort fällt alles Graue und Ungute von einem ab, und man ist wieder fähig, Trost zu spenden und Zeuge zu sein.“

Und von Bertram, fragte Herr Schmidt und rieb seinen Zwicker, könnten ihm Hochwürden dann wohl nichts Näheres sagen.

„Tja, wissen Sie, dieses Kind ... Leider habe ich es nie in der Kirche gesehen. Aber warten Sie, ich glaube, meine Haushälterin kennt die Verhältnisse im Hause Schurek ganz gut.“

Die Haushälterin war eine resolute, glanzgesichtige Frau, die vor allem bedauerte, daß Frau Schurek, wie sie erst jetzt erfahren habe, die Katze hätte weglaufen lassen.

„Was für eine Katze“, fragte Herr Schmidt.

„Na, die Pussi“, sagte die Frau; „die ich ihr damals in dem Mäusejahr geschenkt hab. Aber so ist das immer: man reißt sich so ’n Wesen vom Herzen und will ’ne Freude mit machen, und der Erfolg? Lassen so ’n rüden Vierzehnjährigen mit ihr rumtoben, und weg ist sie.“

Herr Schmidt ging darauf noch zu einigen Nachbarn, die alle sehr zurückhaltend waren; dann trank er ein Glas Bier im Dorfkrug, und als es dunkel wurde, saß er wieder bei Schureks.

Er mußte erst etwas warten, die Magd sagte, Herr und Frau Schurek seien zur Abendandacht gegangen.

Wo ihre Katze sei, fragte Herr Schmidt.

„Ach die –", sagte die Magd; „die taugt sowieso nichts. Nie 'ne Maus angerührt, immer bloß Kartoffelbrei und Milch und so 'ne Sperenzchen gefressen; da hat der Schurek sie dem Jungen geschenkt."

Sie mußten aufhören sich zu unterhalten, Schureks kamen nach Hause.

„Ah –", sagte Franz Schurek, „da sind Sie wieder."

„Ja", sagte Herr Schmidt. „Guten Abend."

„Na", sagte Frau Schurek und goß Herrn Schmidt ein Glas Milch ein, „schon was Neues?"

„Wie man es nimmt", sagte Herr Schmidt. „Ihre Milch schmeckt übrigens wirklich vorzüglich; da kann man Ihre Katze schon verstehn."

„Wen –?" fragte Franz Schurek.

„Er meint unsre Katze, Franz."

„Ja", sagte Herr Schmidt und stellte das Glas ab; „wie lange ist sie eigentlich schon weg?"

„Was heißt 'n hier weg", sagte Franz Schurek; „die strolcht rum."

„In der Scheune ist sie", sagte Frau Schurek; „entsinnste dich nicht, wie sie vorhin gegreint hat? Sicher wieder 'n Kater hinter ihr her."

„Ich denke, sie hatte Junge?"

„Hatte", sagte Franz Schurek, „ganz recht. Ich hab sie ertränkt."

„Sie meinen, Sie *wollten* sie ertränken."

„Also schön, ich wollt' sie ertränken."

„Und Sie hätten sie auch ertränkt. Aber der Junge hat Sie daran gehindert."

„Na, wolln Sie mir vielleicht mal sagen, wo ich mit dem Maunzzeugs hier hin soll?"

„Nein", sagte Herr Schmidt, „gewiß nicht."

„Also", sagte Franz Schurek.

Am nächsten Morgen, am Sonntag, stattete Herr Schmidt dem Gendarm einen Besuch ab. Der Gendarm saß in Hemdsärmeln am Frühstückstisch und beschimpfte seinen Dackel, der ihm die Schlaufen von den Schaftstiefeln abgebissen hatte.

Den Hühnerdieb –? Nee, noch nicht. Aber den, wenn er ihn kriege; na! „Stelln Se sich das doch mal vor: in 'ner Woche vier Hühner! Und alle aus 'm andern Stall. Und das Tollste: alles halbe Küken noch; 'ne glatte Gemeinheit, sag ich Ihnen, 'ne glatte Gemeinheit."

„Gräßlich", sagte Herr Schmidt, „*so* jung, tz, tz, tz, tz. Und keine Anhaltspunkte, eh –?"

Doch, schon, sagte der Gendarm, aber er würde nicht schlau draus. „Muß 'n Zwerg gewesen sein, oder 'n Kautschukmensch oder so 'n Unikum. Stelln Se sich vor: durch dieselbe Öffnung gekrochen, durch die auch die Hühner gehn."

Herr Schmidt räusperte sich. „Ein Iltis, nein –?"

„Se sind aus der Stadt, nicht? Sehn Se. Sonst wüßten Se, wie 'n Marder oder 'n Iltis im Hühnerstall aufräumt. Außerdem – schon mal 'n Iltis gesehn, der hinter sich wieder abriegelt?"

„Sehr ordentlich", murmelte Herr Schmidt.

Der Gendarm sah auf. „Haben Se etwa 'ne Vermutung?" fragte er.

„Aber, aber, mein Bester!" Herr Schmidt hob blinzelnd die Hand mit dem Zwicker. „Ist Ihnen denn nicht bekannt, weshalb ich hier bin?"

„Ah, richtig, dieser Flüchtlingsjunge. Getürmt, hab ich recht? Erst sich rausfressen beim Bauern, und dann nichts wie weg; so sind die."

„Man muß sehn", sagte Herr Schmidt. „*Sie* können mir keinen Fingerzeig geben, nein?"

„Ich? Nee; nicht, daß ich wüßte. Aber wenn wir vielleicht mal zusammen –"

„Sehr freundlich", sagte Herr Schmidt schnell, „aber als passionierter Einzelgänger, der ich nun mal bin – Sie werden verstehn –"

Darauf unternahm Herr Schmidt einen ausgedehnten Sonntagsspaziergang durch die umliegenden Buchenwälder. Das Ergebnis war, er entdeckte vier sorgfältig vergrabene Feuerstellen mit halbverkohlten Hühnerknochen darin; mehrere Knochen wiesen Bruch- und Bißstellen auf. Sorgfältig trug Herr Schmidt diese Funde auf einer Lichtung in sein Meßtischblatt ein; dann verband er die Feuerstellen mit einigen Bleistiftstrichen und dachte nach.

Dunkel erinnerte er sich, als Kind mal eine Katze in Pflege gehabt zu haben. Davon mußte man ausgehen. Es dauerte eine Weile, und die nahen Sonntagsglocken störten auch sehr, aber schließlich war Herr Schmidt, wenn er die Augen schloß, annähernd wieder des gleichen Gefühls fähig, das er glaubte auch damals gehabt zu haben. Man hatte Angst, wenn er sich recht entsann; Angst, jemand könne kommen und sagen, das lohnt nicht, los, gib sie her. Man lief also weg und versteckte sich mit der Katze. Nun kam es darauf an, dieses Angstgefühl eines Vierzehnjährigen mit der Überlegung des Angestellten eines Detektivbüros in Einklang zu bringen. Das fiel nicht leicht; ständig wollte das Angstgefühl siegen. Aber dann zwang sich Herr Schmidt zur Konzentration. Wohin mit einem frischen Wurf Katzen, wenn man damit rechnen muß, gesucht zu werden? Wohin, wenn man es satt hat, sich ausnutzen zu lassen? Man verkriecht sich. Man verkriecht sich in einer Fichtenschonung zum Beispiel.

Auf Herrn Schmidts Meßtischblatt waren mehrere Nadelholzschonungen eingetragen. Die erste erwies sich als Kieferngehölz; Kiefern waren zu licht. Die zweite bestand zwar aus Fichten, doch sie waren in geraden Reihen gepflanzt; das lockte nicht, sich zu verstecken. Die dritte bestand aus wahllos durcheinandergepflanzten Kusselfichten, denen das Wild die Triebe gekappt hatte, so daß sie unmäßig in die Breite gegangen waren; die kam schon eher in Frage. Da sie, ebenso wie die beiden anderen Schonungen, inmitten des Bleistiftrechtecks auf Herrn Schmidts Meßtischblatt lag, durchsuchte er sie.

Er brauchte nicht lange herumzukriechen, da sah er ein Stück Sackleinen durch das Gestrüpp. Herr Schmidt hatte wenig Ahnung von Tieren. Aber er erinnerte sich an ein Buch aus seiner Jugendzeit, in dem die Indianer, wenn sie Bisons jagten, sich immer gegen den Wind anschlichen. Er befeuchtete den Zeigefinger, hob ihn hoch und machte die Windrichtung aus. Darauf schlug er behutsam einen Halbkreis und schob sich näher.

Er sah sie alle. Die Katze saß mit nervös zuckender Schwanzspitze vor einem Mauseloch, der Junge schlief, und die Kleinen krochen tolpatschig über ihn weg. Es war nicht gut, lange hinzusehen. Herr Schmidt lehnte sich an einen Baumstamm und starrte abwesend auf den Waldboden nieder.

Es war Abend geworden. Ein Eichelhäher schrie. In einem der Dörfer bellte ein Hund. In allen Dörfern läuteten die Glocken. Der Himmel war von einem sanften, mit Rosa überhauchten Blaugrün. Herr Schmidt blickte blinzelnd hinauf. Dann nahm er den Zwicker ab und rieb ihn am Ärmel. Davon erwachte der Junge.

Er sah sich gar nicht erst um; er packte blitzschnell die Katze und steckte sie in den Sack. Dann warf er die Kleinen hinein und sprang auf. Er war barfuß, seine Hände waren mit Blut und mit Hühnerflaumfedern bedeckt, in der Rechten hielt er ein Messer.

„Los“, sagte er heiser, „komm ran. Komm ran!“ sagte er noch einmal etwas lauter. „Sag ruhig, der Alte ist auch da; ich hab keine Angst.“

„Ich weiß“, sagte Herr Schmidt. Er schob ein paar Zweige zur Seite, und da schleuderte sich der Junge den Sack auf den Rücken und rannte los.

Rennen konnte Herr Schmidt; das gehörte zu seinem Beruf. In noch nicht fünf Minuten hatte er ihn eingeholt. Er stellte ihm ein Bein, und der Junge fiel hin.

„Schluß", keuchte Herr Schmidt; „nimm das Messer weg und laß uns vernünftig miteinander reden."

Der Junge dachte nicht daran. Er stach mehrmals zu. Einmal traf er Herrn Schmidt auch am Oberarm; nicht schlimm, aber es genügte, um Herrn Schmidt einen Augenblick lang zornig zu machen. Er schlug dem Jungen das Messer aus der Hand und drehte ihm den Arm auf den Rücken.

Er versuchte mit ihm zu reden. Es war zwecklos; der Junge biß und trat Herrn Schmidt auf die Füße, und als Herr Schmidt einmal nachfassen wollte, riß er sich los und schlug Herrn Schmidt gegen den Magen. Da blieb dem nichts weiter übrig, als dem Jungen ein paarmal ins Gesicht zu schlagen. Nun wurde er ruhiger, und man konnte ihn abführen; den Sack mit den Katzen trug Herr Schmidt.

Er durfte seinen Griff kein einziges Mal lockern. Jedesmal, wenn er es probierte, versuchte der Junge sich loszureißen.

Es war dunkel, als sie das Dorf erreichten; aus den Fenstern der weißen, hochgiebligen Bauernhäuser fielen breite Lichtbahnen auf die frisch gefegte Dorfstraße. Die Hunde kläfften erbost, sie hatten Herrn Schmidts Nagelschuhschritte auf dem Kopfsteinpflaster gehört. Einige Häuser waren auch dunkel, und auf den Bänken davor saßen die Leute.

Herr Schmidt hielt sich in der Mitte der Straße; die Katze im Sack rumorte, sie hatte Angst vor dem Hundegekläff.

Am Dorfteich machten sie halt. „Wasch dir die Hände, sie brauchen nicht zu sehn, daß du Hühnerblut dran hast."

Der Junge schien jetzt vernünftig zu sein. Als Herr Schmidt vorsichtig seinen Griff lockerte, machte er keine Anstalten wegzurennen. Er rieb sich den Arm, dann bückte er sich, und Herr Schmidt sah durch seinen beschlagenen Zwicker hindurch, wie er sich mechanisch die

Hände zu waschen begann. Er mußte Schlamm dazu nehmen, um das Blut abzubekommen, es war schon zu lange dran.

Herr Schmidt beobachtete unterdessen unruhig die Dorfstraße; er hatte Angst, er könne dem Lehrer begegnen.

Plötzlich warf sich der Junge zur Seite, und ehe Herr Schmidt zufassen konnte, rannte er die Böschung hinauf und die Dorfstraße entlang.

Herr Schmidt ließ den Sack mit den Katzen fallen und rannte ihm nach. Diesmal hatte er es schwerer, der Junge war schon zu weit voraus. Und jetzt bog er auch noch in einen Hof ein und überkletterte einen Zaun. Herr Schmidt folgte ihm keuchend. Da er nur den Jungen im Auge hatte, achtete er nicht auf den Weg und übersah die Harke, die vor ihm lag, und trat auf die Zinken. Der Harkenstiel schnellte empor und traf Herrn Schmidt an der Stirn. Ein brennender Schmerz durchstach ihm die Schläfe, und zugleich packte ihn eine wahnsinnige Wut, er riß sich im Laufen die Mütze vom Kopf, schob sie in die Brusttasche, verschnellerte sein Tempo, überkletterte den Zaun, sprang herab, bekam den Jungen zu fassen und schlug, halb besinnungslos, auf ihn ein.

Der Junge gab keinen Ton von sich. Das verdoppelte Herrn Schmidts Wut noch, er schlug ihm ein paarmal mit der geballten Faust ins Gesicht. Erst als er etwas Feuchtes an seiner Hand spürte, ließ er nach; er packte den Jungen am Kragen und zerrte ihn über den Zaun und zurück auf die Dorfstraße.

Hier erst merkte er, daß der Junge hinkte; er mußte sich beim Absprung vom Zaun den Fuß verstaucht haben. Jetzt fiel Herrn Schmidt auch ein, daß der Junge sich nicht gewehrt hatte, während er auf ihn einschlug; wahrscheinlich waren die Schmerzen in seinem Fuß größer gewesen als die, die Herrn Schmidts Prügel ihm zugefügt hatten.

Viele Menschen hatten sich die Dortstraße entlang jetzt versammelt. Sie schwiegen; aber Herr Schmidt hatte ein Gefühl für schweigende Verachtung; er starb fast, während er den Jungen an ihnen vorbeischleifte.

Vom Dorfteich her kam wütendes Hundegebell. Als sie heran waren, erkannte Herr Schmidt, eine Hundemeute hatte sich um die Katze geschart. Das Tier stand fauchend und buckelnd vor dem Sack mit den Jungen und teilte krallige Schläge aus. Die Katze mußte jedoch schon gebissen worden sein; Herr Schmidt sah, wie ihr mehrmals das Hinterteil wegbrach. Doch er konnte sich jetzt nicht um sie kümmern, er hatte genug mit dem Jungen zu tun.

Der Junge hatte die Katze ebenfalls gesehen, er riß noch einmal all seine Kräfte zusammen. Er trat Herrn Schmidt gegen die Beine, er biß ihn in die Hand, er schrie – doch es half nichts; Herr Schmidt hatte alles in sich abgestellt, Schmerz und Mitleid waren nur noch eine dunkle Wolke in seinem Kopf; er hielt den Jungen mit steifem Arm von sich ab, er blinzelte hinter seinem Zwicker, er spürte den Wind an den Schläfen, das Kopfsteinpflaster unter den Füßen, und dann war das Hoftor der Schureks da, und er ging mit dem Jungen, der sich jetzt willenlos mitschleifen ließ, über den nach feuchtem Stroh und Kuhdung riechenden Hof.

Aus der Küche fiel Licht; das Radio lief, ein Sprecher sagte die Abendnachrichten an, er sprach sie, als sagte er Gedichtverse auf. Schurek hatte noch die Sonntagshosen an; er saß, den Oberkörper an die blitzende Anrichte gelehnt, auf einem Küchenstuhl, das Jackett hing über der Lehne; er las die Witzseite der Sonntagszeitung. Seine Frau saß auf der Bank unter dem Kruzifix; sie stocherte sich in den Zähnen herum, und als Herr Schmidt mit dem Jungen hereinkam, blieb ihr Mund noch einen Augenblick offen, dann schloß sie ihn und starrte Herrn Schmidt ekelerfüllt an.

„Waren Sie's, der ihn so zugerichtet hat? Sieh dir

das an, Franz“, sagte sie, und der Abscheu in ihrer Stimme klang echt; „sieh dir das an, was er aus ihm gemacht hat, der Unmensch.“

Franz Schurek ließ die Zeitung sinken und stand auf. „Geschlagen hat er dich?“ Er kam auf Herrn Schmidt zu und riß ihm den Jungen weg. „Rede, Bengel!“ schrie er ihn an, „er hat dich geschlagen?“

Der Junge schwieg.

„Schön“, sagte Schurek; „du willst also nicht; schön. Bring ihn rauf, Frau. Und jetzt zu dir“, sagte er und schob sich so nah an Herrn Schmidt heran, daß er die ganze Anrichte verdeckte: „Ein Wort zuviel von dir, und ich sag unter Eid aus, du hast den Bengel zusammengedroschen; klar?“

Herr Schmidt hatte die Faust in der Hosentasche um den Totschläger gekrampft, er spürte den Stahl durch den abgelederten Griff. „Es steht Ihnen frei“, hörte er sich sagen, „sich bei meinem Büro über mich zu beschweren.“ Er drehte sich um und ging zur Tür. Er hatte das sichere Gefühl, einen Schlag auf den Kopf zu bekommen. Doch Schurek war vor der Anrichte stehengeblieben; er verdeckte die Lampe, sein Schatten fiel durchs Fenster und auf den Hof, Herr Schmidt brauchte fünf oder sechs Schritte, bis er den Schatten überquert hatte; dann war er aus dem Lichtgeviert heraus und im Dunkel.

Vor dem Hoftor standen Leute; sie schwiegen. Niemand trat zur Seite, als Herr Schmidt durch sie hindurchging. Er lief ein Stück die Dorfstraße entlang, in Richtung zum Bahnhof. Dann blieb er stehen und zog seine Schildmütze aus der Brusttasche und glättete sie umständlich und setzte sie auf. Sein Zwicker war noch immer beschlagen, die Häuser sahen verschwommen und unwirklich aus, als er sich umblickte.

Er lauschte einen Augenblick, ob er die Hunde am Dorfteich noch höre; aber sie waren still; die Katze hatte ja auch nicht mehr viel Kräfte gehabt. Darauf sah Herr Schmidt nach der Uhr und ging langsam zum Bahnhof. Er hatte noch drei Stunden Zeit, aber er hätte nicht gewußt, wo auf der Welt er sie absitzen sollte, wenn nicht in der kahlen Zelle des Wartesaals.

REUSENHEBEN

Der Boden war morastig und federte, wenn er den Fuß auf ihn setzte. Moos, Riedgras und Binsen wuchsen darauf; das Weidengebüsch war gut über mannshoch.

Er wollte versuchen, den Kahn flottzubekommen und heimlich ein paar Reusen zu heben; bloß so, mal reinsehen, nichts weiter. Denn es mit nach Hause zu nehmen, das Fischzeug, das ging nicht; dann wäre es ja rausgekommen, daß er die Schule geschwänzt hatte.

Eigentlich hätte er jetzt umkehren müssen; der Weg zurück in die Stadt war lang, und es war sicher schon später als eins. Aber da war das Fasanenhäuschen gewesen, vor dem er auf der Lauer gelegen hatte, bis sie angepurrt kamen, die Langschwänzigen mit den diamantenen Halskrausen und den unscheinbar braunen, betulich pickenden Hennen im Schlepp. Und da waren die leeren Schneckenhäuser gewesen, die man aufheben mußte, und die vorjährigen Rohrsängernester im Schilf, oder das leuchtende Krähengewölle mit den brandroten Gummibändern darin, die sie für Fleischfasern geschluckt hatten, die gierigen Biester.

Und jetzt war als letztes, als Clou sozusagen, noch der Kahn übriggeblieben. Hier, gleich um die Schilfecke herum, wo die erlenstümpfige Schlenke sich in den Wald schob, da lag er an einen Stubben gekettet. Sicher, das Schloß war nicht aufzukriegen; aber die Kramme, die die Kette am Kahn hielt, die wackelte; vielleicht ließ sie sich rausbrechen.

Die Schneckenhäuser in seiner Tasche klapperten leise beim Laufen. Er atmete mit offenem Mund.

Als er um die Schilfecke bog, sah er den Mann. Der kniete zwischen den Binsenkubben und fingerte an einem Bündel herum.

Willi duckte sich und stützte die Hände ins Moos. Da sah er, daß das Bündel ein Mensch war, eine Frau, die die Beine bewegte. Aber sie bewegte sie nicht mehr lange; nur noch ein bißchen, dann lag sie still.

Der Mann stand auf und klopfte sich die Knie ab. Dann stieß er mit dem Fuß nach der Frau; doch die rührte sich nicht.

Willis Hände krampften sich ins Moos, zwischen den Fingern trat grünliches Wasser hervor. Er starrte noch immer die Frau an; auch noch, als der Mann ihn bemerkt hatte und nun langsam herankam.

„Na –?“ fragte er.

Willi sah auf. „Ist sie tot?“

„Ja“, sagte der Mann.

„Warum hast du sie totgemacht?“

Der Mann bückte sich und sah blinzelnd in die Weidenbüsche ringsum. „Bist du allein?“

„Ja“, sagte Willi.

Der Mann kam näher.

Willi sah an ihm vorbei auf die Frau. „Mochtest du sie nicht?“

„Nein“, sagte der Mann.

„Und jetzt?“

„Was suchst du hier?“ fragte der Mann.

„Was?“ fragte Willi.

„Was du hier suchst.“

Die Frau war blond; sie hatte einen hellen Mantel an und trug Schuhe mit flachen Absätzen, an denen Morast und welkes Eichenlaub klebten.

„Ich wollte zum Kahn“, sagte Willi.

„Zu welchem Kahn.“ Der Mann schob die Hände in die Taschen.

„Zu dem da."
„Der ist fest", sagte der Mann.
„Die Kramme wackelt aber."
„Ach nee."
„Ja. Wenn man mit 'm Stein dranklopft, dann geht sie raus."
„Wem gehört 'n der Kahn?"
„Dem Fischer."
„Kommt der oft her –? Heute zum Beispiel –?"
„Heute bestimmt nicht."
Der Mann drehte sich um und ging zurück zu der Frau.
„Komm mal her."
Willi ging hin.
„Du nimmst die Beine", sagte der Mann. Er faßte der Frau unter die Arme. „Los; mach schon."
Willi griff zu, und sie schleppten die Tote zum Kahn.
„Ihre Tasche noch", sagte der Mann.
Willi ging zurück und hob die Handtasche auf.
Der Mann ruckelte die Kramme heraus, dann zerrte er die Frau in den Kahn; ihre Beine hingen ins Wasser. „Wo ist das Ruder?"
„Ich hol's", sagte Willi.
„Wo 's Ruder ist."
„Versteckt. Da, in der abgestorbenen Eiche."
Der Mann keuchte, als er zurückgerannt kam; das Ruder auf seiner Schulter tanzte hin und her. „Hast du gehört –?!"
„Was?" fragte Willi.
Sie lauschten.
„Da –", sagte der Mann; sein hochgehobener Zeigefinger zitterte.
„Ach, das –: 'n Bussard."
„'n was?"
„'n Bussard", sagte Willi; „der schreit so."
„Kennst dich wohl aus hier?"
„'s geht."

Sie fuhren dicht am Schilfgürtel entlang. Der Mann ruderte, Willi steuerte mit dem Deckel des Fischkastens. Wo die Schlenke in den See mündete, ließen sie die Tote ins Wasser. Ihr Rock bauschte sich auf, der Mann drückte die Luft darunter mit dem Ruder heraus. „So", sagte er.

„Hier", sagte Willi; „die Tasche noch."

„Gib her."

Willi stand auf und hielt sie ihm hin. Auch der Mann erhob sich. Einen Augenblick lang sah er sich um; dann machte er einen hastigen Schritt auf Willi zu. Der Kahn schwankte; Willi taumelte etwas, der Mann packte ihn und hielt ihn fest.

„Geht schon", sagte Willi.

Der Mann ließ ihn los und warf die Tasche ins Schilf. „Abfahrt."

Als sie zurückruderten, kamen sie an einem Reusenkorken vorbei.

Willi kniete am Bug. „Da liegt 'ne Reuse."

Der Mann hörte auf zu pfeifen. „Wo?"

„Da."

„Mal reinsehn?"

„Möcht schon."

„Los."

Sie ruderten hin.

„Links", sagte Willi; „noch mehr. So. Und jetzt rechts gegen. Stop." Er stand auf und bückte sich über den Kahnrand.

„Na –?" Der Mann reckte den Hals.

„Schleie", sagte Willi. Er ließ die Reuse wieder ins Wasser und stieß den Kahn von einem Erlenstumpf ab. „Schleie sind langweilig."

Der Mann ruderte weiter; er pfiff wieder.

„Ich weiß, wo noch welche liegen."

„Was –?"

„Ich weiß, wo noch welche liegen."

„Na –?"

„Da drüben.“ Willi deutete rüber.
„Schön“, sagte der Mann.
„Neulich war mal ’n Bläßhuhn in einer.“
„Nanu.“
„Komisch, nicht? Weil die doch tauchen. Auch ’ne Wasserratte war schon mal in einer.“
„Wie ist das“, fragte der Mann: „wohnst du hier?“
„Stop“, sagte Willi. Er kniff die Augen zusammen und beugte sich über den Kahnrand.
„Na –?“
„Leer. Dabei war in der sonst immer was drin.“
„Vielleicht kaputt.“
„Nee. Die liegt falsch; die ist auf die Seite gekippt.“
„Merken sie ’n das?“
„Die –? Na, du hast ’ne Ahnung. Und ob.“
Der Mann ruderte weiter. „Du wohnst also hier.“
„Nee; in der Stadt. Mehr rechts; noch mehr. So; gut. Junge, die wackelt. Paß auf, mit der ist was los, wetten.“
Der Mann hatte sich etwas vom Sitz erhoben, er sah Willi zu.
„Barsche. Jetzt kuck dir das an: alles voll Barsche.“
„Hübsch sehn die aus.“
„Nicht?“ Willi ließ die Reuse wieder ins Wasser.
„Nimmst ’n dir keinen von raus?“
„Bin doch nicht blöde. Daß die was merken zu Hause!“
Der Mann ruderte weiter. „Was ’n merken?“
„Sagst du auch nichts?“
„Na, hör mal.“
„Mensch, ich schwänz doch.“
„Ah . . . Ja, das ist wahr: Fische, die würden dich da verraten.“
Sie ruderten zum Ufer und legten an. Ein Haubentaucher schrie heiser im Schilf.
„Komm, mach“, sagte der Mann.

„Erst noch die Kramme; Moment.“ Willi drückte sie in die Kahnwand. Dann brachte er das Ruder zurück.

„Los doch.“

„Komm ja schon.“

Sie liefen ein paar Waldwege entlang zur Chaussee. Gerade als sie raustraten, kamen zwei Radfahrer an.

„Was ich dich noch fragen wollte“, sagte der Mann laut: „magst du eigentlich Meerschweinchen gern?“

„Hör mal“, sagte Willi; „wo ich doch selber drei hab.“ Sie liefen ein Stück die Chaussee entlang. In den Birkenblättern am Rand glänzte die Sonne; eine Elster zuckte scheckernd vor ihnen her. Einmal tauchte ein Fußgänger auf.

Der Mann blieb stehen und sah auf die Uhr. „Hui, hui.“

„Spät –?“

„Vier gleich.“

„Mensch! Ich werd verrückt.“ Willi gab dem Mann die Hand. „Oder rennst du noch ’n Stück mit.“

„Laß man.“

„Dann mach’s gut.“

„Du auch.“

Vor der Kurve drehte Willi sich noch mal um.

Der Mann stand immer noch auf der Chaussee. „Was ist ’n los!“ rief er.

„Verrätst du ’s auch *wirklich* nicht?“

„Was.“

„Na, daß ich geschwänzt hab.“

„Bestimmt nicht.“

„Dann ist ’s gut. Servus!“

Der Mann hob den Arm.

„Noch einen", sagte Rob.

Der Wirt goß ein.

„Sauregurkenzeit, Hanne."

„Na, Mensch –", sagte der Wirt, „wenn ihr nich wärt –"

„Gerichtsreporter sind Käse; die Anwälte müßteste haben."

„Hab mal, wenn de bloß 'ne Schankkonzession hast. Die Brüder, die wolln doch immer gleich was zu fressen."

„Die Kantine hättste dir untern Nagel reißen solln, Hanne."

„Nee, du. Jeden Tag durchs Gericht, da wirste ja rammdösig bei. Dann schon lieber die Bar hier."

„Nochmal", sagte Rob: „Bar haste eben gesagt?"

Die Drehtür knarrte. Der Wirt sah in den Spiegel hinter der Theke.

„Hallo, Rob", sagte Fries.

„Wie geht's?" fragte Burkner.

„Soll's schon gehn." Rob steckte sich eine Zigarette an.

„Noch einen, Hanne."

„Mir auch", sagte Fries.

„Dito", sagte Burkner.

„Mach ich." Der Wirt goß ein. „Weg mit, Leute."

Sie tranken.

„Hör mal", sagte Fries; „aber die Sache mit Butgereit, war denn das nischt?"

„'s ging", sagte Rob.

„Raubmord?" fragte der Wirt.

„Totschlag", sagte Fries. „Seine Alte gekillt."

„Noch einen." Rob schob dem Wirt das Glas hin.

Der Wirt goß ein. „Los, erzähl mal."

„Butgereit ist 'n Laie", sagte Rob. „Außerdem auch 'n bißchen plemplem."

„Kommst'n darauf", fragte Fries.

„Na, hätt' er sonst vielleicht das Ding mit der Tapete gedreht?"

„Stop", sagte der Wirt; „mit was?"

„Hörste schwer", sagte Burkner; „mit der Tapete."

„Komisch", sagte Fries; „haste ja gar nischt von geschrieben."

„Wozu", sagte Rob. „Nehmen die einem ja doch nich ab."

„Komm", sagte der Wirt, „erzähl schon."

„Nischt zu erzählen. Als er sie unters Bett geschoben hatte, sagt er, ist er ins Kino gegangen. Dann hat er vierundzwanzig Stunden gepennt."

„Und dann", fragte Fries.

Rob zuckte die Schultern. „Also schön, dann paßt auf. Eines Abends kommt da 'n Mann in Tapezierermeister Krauses Werkstatt. Guten Tag, sagt er, ich möcht 'ne schicke Tapete. Haben Sie 'ne blaue mit goldenen Streifen?

Tapezierermeister Krause zeigt ihm die Muster.

Hier, sagt der Mann gleich bei der ersten, die nehm ich. Wann geht's 'n los?

Krause denkt nach. Morgen früh.

Nee, sagt der Mann, kommt gar nich in Frage. Rechnen Sie 's doppelt und fangen Sie gleich an.

Dachschaden, denkt Krause. Er taxiert den Mann ab. Rentner, tippt er; Totogewinn oder Dachschaden. Kann auch 'ne Frau hinter stecken. Na, mir Wurscht. Hauptsache, Pinke. Gut, sagt er, zahlen Se an, und der Fall is geritzt.

Der Mann zieht die Brieftasche.

Nee, denkt Krause, Toto fällt flach; zu dünn für. Stehe auf Dachschaden.

Da, sagt der Mann. Wann sind Sie da?

Halbe Stunde. Rühr bloß noch den Leim an.

Als der Mann raus ist, fällt Krause ein, er hat vergessen, ihn nach der Wohnung zu fragen. He, Sie! schreit er ihm nach, Ihre Adresse!

Wieso? fragt der andere.

Bitte, denkt Krause, was hab ich gesagt. Na, Mann, ich denk, ich soll hinkommen, nich?

Ach so. Also Badstraße neun. Hof; zwo Treppen.

Name –?

Was –? Ach so. Butgereit.

Butgereit, denkt Krause; wenn morgen in der Zeitung steht, 'n Butgereit is mit 'm nackten Hintern vom Kirchturm gehopst, dann war der's.

Krause geht in die Werkstatt und rührt seinen Kleister ein. Dann packt er den Rucksack, hängt den Leimtopp an die Lenkstange und schwingt sich aufs Fahrrad.

Halbe Stunde später schließt er sein Rad im Hof, Badstraße neun, an. Tatsache, zwo Treppen links steht Butgereit dran. Hinter der Tür hört man's schaben und kratzen, und 's pfeift auch einer dazu.

Krause klingelt.

Moment! ruft drin jemand. Ein Stuhl wird gerückt, dann priemt was am Guckloch rum. Was wolln Sie 'n?

Liebes bißchen, denkt Krause. Na, ich bin's, sagt er, der Tapezierer.

Die Tür wird aufgemacht, und Butgereit steht da, zwinkernd, in Hemdsärmeln und 'n Papierhelm auf. An ihm vorbei sieht Krause in den vollgestopften Flur und links 'n Stück in die erleuchtete Wohnküche rein.

Kommen Sie, sagt Butgereit, hab schon angefangen.

Sie gehn durch den Korridor in die Wohnküche. Drin stellt Krause den Eimer voll Leim auf den bollernden Herd und schnallt den Rucksack ab.

Ham Se aber ganz schön gewirkt, sagt er und sieht sich die Wand an. Die alte Tapete liegt in Fetzen auf den Dielen.

Nich? sagt Butgereit. Er schiebt sich den Papierhelm aus der Stirn und läßt sich auf'n Stuhl fallen. Müssen Sie verstehn: 'n Leben lang dieselbe Tapete – also nee.

Krause packt seinen Rucksack aus, rührt in dem

Leimtopp und sieht sich um. Das Bett, das hätten Se aber besser mit rausstellen solln.

Das Bett bleibt stehn, sagt Butgereit. Er steht auf und setzt 'ne Kanne Wasser aufs Feuer.

Na, denkt Krause, wegen mir ... 'n Stuhl brauch ich noch. Butgereit holt einen vom Flur. Hab Kaffeewasser aufgesetzt.

Gute Idee, sagt Krause. Er zieht sich's Jackett aus und spuckt in die Hände. Dann man los, wie?

Butgereit hat sich wieder gesetzt. Er pfeift halblaut und trampelt den Takt zu; 'ne heitere Type.

Krause steigt auf 'n Stuhl und fängt an, die Wand abzureiben: Kaffee is nie falsch.

Nee, nich? Butgereit, Hände in den Hosentaschen, schlendert zum Bett; da bleibt er stehn und stößt was mit 'm Fuß weg.

Krause hat hingesehen, ihm wird plötzlich mulmig; er kann's nich beschwören, aber wenn ihn nich alles getäuscht hat, dann war das eben 'ne Hand. Er überschlägt sich auf einmal bei seiner Arbeit.

Toll, wie Sie das raushaben, sagt Butgereit hinter ihm. Krause ist still. Er schuftet wie 'n Wahnsinniger; er will weg hier, ihm steht der Schweiß auf der Stirn.

Da klingelt's. Butgereit raus. Krause vom Stuhl runter und nischt wie zum Bett. Er grabscht drunter. Er spürt 'n Sack, 'n Packen oder so was –; er zerrt dran, und da fällt von dem Packen was runter. Krause hebt die Fransendecke vom Bett hoch, und da ist es 'ne Hand; Tatsache: 'ne Hand mit 'm Arm dran, der Arm sitzt am Packen. Draußen geht die Tür. Zack, und Krause steht wieder auf seinem Stuhl.

Junge, Junge, sagte Butgereit, die Nase in der Zeitung, die machen vielleicht Mist.

Was Neues? fragt Krause.

Nee. Butgereit zieht sich den Stuhl an den Herd und blättert. Immer dasselbe: die hacken aufnander rum.

Dußlig sind die, sagt Krause, ohne seine Arbeit zu

unterbrechen. Die solln die Kriegshetzer an die Wand stelln und fertig. Er räuspert sich; ist 'n bißchen heiser geworden, der Gute.

Butgereit nickt: Aber genau.

Krause stellt inzwischen 'n neuen Tapezierrekord auf; hat schon gut 's halbe Zimmer beklebt; jetzt ist er am Bett.

Butgereit hat sich die Zeitung untern Arm geklemmt und gießt den Kaffee auf. Na, sagt er und schnalzt, ist das 'n Düftchen?

Krause druckst. Was is mit dem Bett.

Aussparen, sagt Butgereit. Er holt Brötchen, Butter und 'ne halbvolle Kognakflasche aus der Anrichte. Er wiegt sich in den Hüften und summt; im Vorbeigehn klatscht er mit der Hand an die frischbekleisterte Wand. Was das ausmacht, so 'ne neue Tapete!

Na, und ob, sagt Krause, obwohl er sich eigentlich vorgenommen hat, nichts mehr zu sagen.

Butgereit setzt sich und steckt sich 'ne Zigarette an. Auch eine?

Nee, Krause will nich, der schuftet. Raus hier, Mensch; mach schon.

Butgereit schweigt 'ne Weile. Träumt dösig dem Rauch nach. Hörst bloß das Klatschen vom Leimpinsel, und irgendwo scheppert 'n Radio im Haus.

Wenn Krause sich umgedreht hätte, hätt' er Butgereit lächeln sehn können.

Blau mit Gold hab ich schon als Kind gern gehabt, sagt Butgereit dann.

Is auch was Schönes, krächzt Krause. Er blinzelt, ihm läuft der Schweiß in die Augen.

Als Junge hatt' ich mal 'n Kaspertheater, sagt Butgereit. War 'n König bei, der hatte 'n blauen Mantel an mit goldenen Sternen.

Krause hustet. Er stellt umständlich den Stuhl um. So; jetzt noch 's letzte Viertel, und er hat's geschafft. Schon überschlägt er sich wieder.

Hier, sagt Butgereit und hebt 'n Fetzen von der alten Tapete auf und hält 'n gegen die neue: sagen Sie selbst – doch gar kein Vergleich.

Nee, sagt Krause, der keine Ahnung hat, was gemeint ist, nich im geringsten.

Einmal war ich in München, sagt Butgereit; geschäftlich. In 'nem Lokal, da trat 'ne Tänzerin auf; nackicht; bloß 'n blauen Schleier mit Goldfäden drin hatte sie um.

Mhm, macht Krause; gleich hat er's geschafft. Raus; bloß raus hier, Mann; mach.

Butgereit angelt die Flasche unterm Stuhl vor und kippt einen hinter. Dann wischt er sich über den Mund. 's wird einem so viel verpatzt im Leben – einmal muß einem da doch auch was erfüllt werden. Oder –?

Das is wahr. Krause ist plötzlich aufgekratzt, er sieht sich auf 'm Rad sitzen.

Da –, sagt Butgereit und reicht ihm die Flasche.

Nich schlecht. Krause leckt sich die Lippen. Vielleicht hätten Se heiraten solln, sagt er und streicht den letzten Fleck Wand ein.

Butgereit kaut auf 'nem Kognak rum; er schüttelt sich und schluckt 'n runter. Vielleicht hätt' ich *nich* heiraten solln.

Dann is es seine Frau, denkt Krause; Mensch, Mensch. Ihm fangen die Knie an zu zittern.

Wenn Sie, als Sie Ihre Frau kennengelernt haben, 'n Hemd mit lila Karos anhatten, sagt Butgereit und haut sich wieder einen hinter die Binde, dann müssen Sie in Ihrer Ehe *immer* 'n Hemd mit lila Karos anhaben.

Es gluckert wieder hinter Krauses Rücken. Der streicht mit 'm Handballen den letzten Quadratmeter fest. So, sagt er dann, steigt vom Stuhl, geht zur Leitung und wäscht sich lärmend; zufrieden –?

Butgereit starrt abwesend zur Decke.

Laß ihn, denkt Krause; Hauptsache, fertig. Und packt. Klar, sagt Butgereit da. Er steht auf. Und wie.

So; und jetzt trinken wir erst mal gemütlich Kaffee zusammen. Tut mir leid. Krause zittern plötzlich wieder die Knie; muß sich verdammt Mühe geben, nich zum Bett rüberzulinsen. Nee, wirklich, sagt er hastig, kann nich.

Schönchen, sagt Butgereit; dann nich.

Hier is die Rechnung, sagt Krause heiser. Zuzüglich zweieinhalb Arbeitsstunden zu drei Mark, sind achtzehn fuffzich. Se könn gleich zahlen oder vorbeikomm'n.

Butgereit kommt lieber vorbei. Hier, sagt er, trinken Sie wenigstens noch einen.

Wohlsein, sagt Krause.

Dann bringt Butgereit ihn zur Tür.

Schönen Dank, sagt Krause viel zu laut.

Nich doch, sagt Butgereit, *ich* hab zu danken. Er sieht lächelnd in die frisch tapezierte Wohnküche zurück: Blau und Gold – nee, also Sie glauben ja nich, wie ich mir das immer gewünscht hab.

Als er sich umdreht, trabt Krause schon den Treppenflur runter.

Butgereit lehnt sich übers Geländer. Besten Dank nochmal! schreit er.

Krause antwortet nich. Butgereit hört ihn auf 'm Hof an seinem Fahrrad rumfummeln. Dann nich, liebe Tante. Summend geht Butgereit rein."

„Nich schlecht", sagte Burkner. „Gieß uns man noch einen ein, Hanne. Und der Dings da, der Krause, natürlich nischt wie zur Polizei in seinem Bammel."

„Klar. Weißte, was er ausgesagt hat?"

„Nee."

„Roch genau so, Herr Richter, wie damals, als se meine Großmutter aufgebahrt hatten; so – so süßlich; wie oller Kuchen, der mit Mottenpulver bestreut worden is."

„Stimmt", nickte Burkner.

„So 'n Dussel", sagte Fries; „im geheizten Raum –!"

„Also, das kapier ich nich", sagte der Wirt; „wieso hat er sie denn nich verbuddelt."

„Kann ich dir genau sagen", sagte Rob. „Er hat sie vergessen."

„Stop", sagte der Wirt; „er hat sie –?"

„Ja", sagte Rob. „Als der Tapezierer anfing, hat er ausgesagt, da fiel's mir wieder 'n Augenblick ein, Herr Staatsanwalt.

Wieso, sagt der Staatsanwalt; also, Mann, das begreif ich nicht; wie wollen Sie das denn begründen?

Gott –, sagt Butgereit, ich war so fröhlich hinterher, da hab ich's buchstäblich vergessen."

„Nochmal", sagte der Wirt: „was war er hinterher –?"

„Fröhlich", sagte Burkner; „hörste schwer?"

DIE REISE ZUR BABUSCHKA

Karl glaubte nicht, daß es mal so kommen könnte, wie Aljoscha gesagt hatte; es lag ihm nicht, sich vorzustellen, daß jede Selbstverständlichkeit von irgendeinem himmlischen Auge registriert und dann pedantisch verzinst werden sollte. War ein Mensch in Not, half man ihm. Ging man selbst dabei drauf – Pech gehabt. Wenn nicht, auch gut.

Aljoscha sah das anders. Für ihn war Karls Tat eine Leistung; er hatte Tränen in den Augen, als Karl ihn aus dem Feuer schleppte. Nicht vor Schmerz, obwohl es ihn ganz schön geschnappt hatte diesmal; nein, vor Rührung, vor Dankbarkeit oder so was. „Du sollst sehn", sagte er über Karls Schulter weg, „du sollst sehn, einmal bin auch ich dran, dir zu helfen. Dann sollst du's gut haben. Und pflegen will ich dich dann, goshpodin, will ich dich pflegen."

„Fein", keuchte Karl, „da freu ich mich drauf."

Als er mit Aljoscha zum Gefechtsstand kam, war der Chef da. Er hatte einen Splitter im Arm, und ein Sanitäter dokterte an ihm herum, obwohl die Schwerverwundeten in Reihen dalagen.

„Jetzt schmeißen Sie sich auch noch für einen Hiwi weg", sagte der Chef, „für einen russischen Pferdeknecht! Ehre haben Sie wohl gar nicht mehr im Leib?"

Karl ließ Aljoscha zur Erde gleiten, er legte ihn zu den übrigen und setzte sich. „Er hat den Bauch kaputt", sagte er; „sollte ich ihn liegenlassen?" Er hustete.

„Und Sie –?" fragte der Chef.

Karl fuhr sich mit dem Handrücken über den Mund. Blut klebte daran; es troff ihm aus den Mundwinkeln, er merkte es erst jetzt.

„Wär' Ihnen nie passiert, wenn Sie nicht diesen blödsinnigen Hiwi rausgeholt hätten", sagte der Chef, „Au!" schrie er den Sanitäter an, „passen Sie doch auf, Mensch!" Karl sah zu Aljoscha hin. Der preßte die Kinnbacken aufeinander. Als er Karls Blick spürte, lächelte er.

Der Chef sagte: „Ich warne Sie, Obergefreiter Gruber. Sie wissen, daß Sie dem Kommandeur schon öfter aufgefallen sind. Dieses dauernde Rumglucken mit den Russen. Außerdem –" Er zündete sich mit dem freien Arm eine Zigarette an, „außerdem weiß man auf Kriegsgerichten in der Regel zwischen forciertem Draufgängertum und beabsichtigter Selbstverstümmelung verdammt gut zu unterscheiden, Obergefreiter Gruber."

Arschriese, dachte Karl; in die Schnauze schlagen müßte man dir.

„Willste dich mal hinlegen!" sagte der Oberarzt. „Sitzt der Kerl mit 'm Lungenschuß, sowas."

Karl legte sich. Erst auf den Rücken; doch da verschluckte er sich. Dann auf die Seite; das ging; das Blut lief ihm in zwei Bächen, die sich unter dem Kinn vereinigten, den Hals runter. Er fühlte sich leicht, wunderbar leicht.

Behandelt wurden nur die Arm- und Beinverletzten· die übrigen kamen in die Vorhölle, in den Abkratzpalast. Das war das Zelt, in dem die mit den Kopfverletzungen, mit den Bauch- und den Lungenschüssen herumlagen, bis man sie auf die Panjewagen verlud, die sie zum Verbandsplatz bringen sollten. Wenn das dann noch Sinn hatte.

Was sie alle bekamen, ob Lungenschuß oder Splitter im Knie: die Tetanusspritze. Auch Aljoscha; auch Karl.

„Laßt uns zusammen", sagte Karl zu den Sanitätern, die sie reintrugen. Es war komisch; daß er Aljoscha aus dem Granatwerferfeuer geholt hatte, war noch ein Experiment gewesen. Aber daß er ihn jetzt plötzlich brauchte, war echt.

Im Zelt drin war es dunkel. Sie lagen auf Stroh.

„In zwei Stunden kommen die Wagen, Leute", sagte der Sanitäter. Dann fiel die Zeltklappe zu.

„Nu", sagte Aljoscha, „was ist –: Wie geht's dir?"

„Nicht schlecht", keuchte Karl; „und dir?"

„Ich flieg", sagte Aljoscha; „eine Taube bin ich."

„Mich kannst du wegblasen wie 'n Löwenzahnfallschirm."

Aljoscha blies die Backen auf. „Nu, was ist, warum fliegst du nicht?"

„Schade", sagte Karl, „aber mir muß einer 'n Stein in die Hose genäht haben."

Sie lachten lautlos.

„Weißt du", sagte Aljoscha; „nicht, daß mein Leben was taugt, nein. Aber die Babuschka, siehst du – die Großmutter –"

„Du liebst sie?" fragte Karl und dachte an seine Frau, von der er sich getrennt hatte, weil er anfing, Mitleid mit ihr zu bekommen.

„Du müßtest sie sehn", sagte Aljoscha; „wenn sie

sich in den Ofen bückt und die Pfanne rausholt, die schwarze, mit dem brutzelnden Talg drauf und den weißen Kartoffeln. Goshpodin! So emsig. Und erst wenn sie sich umdreht: Setz dich, Ljoschinka, Täubchen; hast genug rumrennen müssen, diesen unguten Krieg lang. Ruh jetzt; mach Schluß mit dem Ärger. Und ich setz mich und rühr nur im Napf und starr zu ihr hin, und ich seh, daß es ihr ebenso geht, daß sie auch nur mich ansieht; bis ihr das Angestarre zu dumm wird. Iß du jetzt! schreit sie und schüttelt die Fäuste. Nu, was sollst du da machen? Tauchst den Kopf in den Dampf und fängst an zu löffeln."

„Wir werden zu ihr gehn", sagte Karl.

Aljoscha drehte das Gesicht zu ihm hin. „Sie wird dir einen Speckkuchen backen", sagte er, „mit Buttermilch drüber. *So* dick. Und gelb; viel Eier. Du schläfst im Bett. Ich und die Babka, wir gehn in die Nische. Wenn du Lust hast, gehn wir abends auch auf die Kolchose; da gibt's Musik, und auch Wodka manchmal, und Mädchen."

Sie mußten aufhören, ein Verwundeter schrie.

„Was ist los", fragte der Sanitäter durch den Zeltspalt.

„Verpfeif dich", sagte einer; „laß ihn wenigstens in Ruhe krepiern."

„Wie ein Pferd", sagte Aljoscha; „weißt du, ein Pferd. Hast du schon mal ein Pferd schreien hören? So wenn es sterben muß, wie es dann schreit, ja?"

„Nein", sagte Karl.

„Genau so." Aljoscha hielt den Atem an.

„Was ist?" fragte Karl.

„Meine Pferde", sagte Aljoscha. „Das wär' was: der Babuschka sie mitbringen. Hm?"

„Schade", sagte Karl; „aber das geht nicht, Aljoscha."

„Nein", sagte Aljoscha. „Aber wenn sie jetzt nur nicht der Dimitry kriegt. Der Dimitry nämlich, weißt du, der hat neulich einer Eidechse den Kopf abgebissen. Der ist aus einem Dorf bei Tiflis; da tun sie das noch. Einer Eidechse, Karel!"

„Vielleicht kriegt sie Wassil."

„Ja", sagte Aljoscha; „Wassil ist gut. Wassils Pferde waren immer blank. Und rund waren die, was?"

„Ja", sagte Karl. „Und am dicksten warn sie, als die Bombe ihnen die Füße weggerissen hatte, und die Sonne ihnen den Bauch wie Kürbisse auftrieb."

„Das war ein Kummer", sagte Aljoscha. „Goshpodin, wie sie dalagen, der Sascha und die kleine Kathinka. War das auch ein Pferdchen, die Kathinka, was? War das ein Stutchen, die Kleine? So was Schmales, der ihre Fesseln. Und erst die Mähne! Ganz blau. Er hat sie geflochten, der Wassil, geflochten hat er die Mähne; mit Stroh, weißt du, und mit roten Bändern."

„Ja", sagte Karl; „schön sah das aus. Ich glaub bestimmt, daß Wassil die Pferde kriegt."

Aljoscha schwieg.

Er denkt an seine Pferde, dachte Karl. Er hat einen Bauchschuß, krepiert in ein paar Stunden und denkt an seine Großmutter und an die Pferde.

Von draußen schimmerte eine Leuchtkugel durch die Zeltplane. Die Verwundeten stöhnten.

Woran er wohl jetzt denkt, dachte Aljoscha und versuchte, in dem blauen Leuchtkugellicht zu Karl hinzusehen. Lauter rote Bläschen hat er vorm Mund. Ob er jetzt sterben muß? Wenn er kaputt geht, geht er wegen dir kaputt, Ljoscha.

Der Sterbende schrie wieder.

„Halt doch die Schnauze, Kerl", sagte jemand; „wir machen's doch auch ruhig ab."

„Was sagt er, Karel", flüsterte Aljoscha; „darf er nicht schreien?"

„Er will, daß er ruhig sein soll", sagte Karl.

„Aber er stirbt doch."

„Warum muß er schrein, wenn er stirbt?“ fragte Karl.

„Nu, ist doch schlimm.“

„Was –: Sterben –?“

„Totsein mein ich; so all das Dunkel um einen, und niemand da, den du kennst.“

„Was willst du“, sagte Karl; „vielleicht war hier schon niemand da, der ihn gekannt hat.“

Aljoscha dachte nach. „Dann braucht er aber doch nicht zu schreien.“

„*Er* schreit ja auch nicht“, sagte Karl; „das Leben schreit.“

„Das Leben?“ fragte Aljoscha; „was hat es? Wird es gequält, daß es so schreit?“

„Es ärgert sich“, sagte Karl; „es hat wieder verloren; es verliert immer.“

„Nein“, sagte Aljoscha.

„Nein?“ Karl sah zu ihm rüber.

„Sieh mal“, sagte Aljoscha; „die Babuschka, nicht, die ist jetzt so alt geworden. Goshpodin, und was hat sie alles gesehn! Krieg und Teufel, Dreck und Blut; was du willst. Aber meinst du, sie hätte mal was vom Sterben gesagt? Nein, nie hat sie das. Nichts. Gar nichts. Schön, mal in die Ecke gegangen zur Ikone und sich bekreuzigt und was gemurmelt. Aber ans Sterben gedacht? Die Babuschka –? Die denkt nicht ans Sterben. Die will gar nicht sterben. Siehst du, *so* ist das.“

„Aha“, sagte Karl; „so ist das also. Sie will nicht. Und warum nicht?“

„Nu“, sagte Aljoscha, „weil's gut ist.“

„Was.“

„Na so: übers Feld gehn. Das Backen. Das Melken. Das Essen. Feuer anmachen. Alles eben.“

„Aber die Babuschka hat doch nicht bloß immer nur Sonnenblumenkerne gekaut, sie hat doch auch deine Mutter geboren und deinen Großvater geliebt.“

„Na, das ist doch auch gut."

„Was –? Das Gernhaben –? Das Kinderkriegen –?"

Aljoscha drehte den Kopf zu Karl hin. „Nu sicher; was fragst du?"

Karl schwieg. So nochmal anfangen können, dachte er. Und er dachte wieder an seine Ehe, diese Schinderei. Dieses dauernde Experimentieren, dachte er. Ehe, Krieg, Freundschaft, Mut –: Experimente, Experimente. Ausweichen, Flucht; Staub, Wirbel; nur sich's nicht setzen lassen. Nicht, so war es doch? Er dachte: Der hat sich; und du willst dich nicht; das ist der ganze Unterschied. Er sagte: „Aljoscha. Du mußt mir helfen."

„Nu", sagte Aljoscha; „wenn ich kann. Was ist, Karel?"

Der Wind trieb MG-Geknatter herüber.

„Wie ist das, Aljoscha", sagte Karl; „du hast doch sicher auch jemand sehr gern; irgendein Mädchen, nicht?"

„Ein Mädchen?" fragte Aljoscha; „ich hab doch die Babuschka. Ich kann doch nicht – wenn ich die Babuschka hab, sieh mal, da kann ich doch nicht noch ein Mädchen haben."

„Nein?" Karl stemmte den Oberkörper hoch. Er verschluckte sich. Er hustete; sein Atem keuchte. „Wirklich nicht?"

„Zwei –?" sagte Aljoscha; „das würd' mich verrückt machen."

„Ja, ist das so?" Karl sank wieder zurück. „Denk mal, ich könnte das."

„Was –", fragte Aljoscha; „die Babuschka und noch ein Mädchen? Zwei –? Nein, das könntest du nicht."

„Nicht nur zwei", sagte Karl. „Zum Beispiel meine Frau und noch zwei oder drei andere. Dutzende. Jeden Tag eine andre."

„Warum?" fragte Aljoscha; „warum so viele?"

„Ich weiß nicht", sagte Karl.

Draußen war Wagenrumpeln zu hören.

„Jetzt fahren sie uns ins Lazarett", sagte Aljoscha. „Alles weiß, was? Die Betten –; die Hemden –; und Vorhänge, ja? Weiße Vorhänge –?"

„Ja", sagte Karl. „Sie flicken uns zusammen, und dann gehn wir nach Hause."

„Na, na", sagte Aljoscha; „einfach nach Hause?"

„Was willst du machen mit deinem kaputten Bauch?" fragte Karl.

„Das ist wahr. Ich werd immer nur Weißbrot und Kascha essen dürfen, was?"

Die Zeltklappe hob sich; der Oberarzt kam herein. „So", sagte er und steckte einen Kerzenstumpf an, „die ersten zwölf." Er beugte sich über Aljoscha und hob dessen blutigen Mantel etwas an.

Karl sah dem Arzt ins Gesicht. Beherrscht oder abgestumpft, dachte er.

„Der geht mit", sagte der Oberarzt. „Was ist mit dir?"

„Lunge", sagte Karl.

„Richtig." Der Oberarzt drehte ihn um und betastete unter der Feldbluse Karls Schulterblätter. „Was machst du bloß für 'n Quatsch?"

„Aus –?"

Der Oberarzt blickte ihn über die Brille weg an. „Noch mal versuchen?"

Karl sah zu Aljoscha hin, den gerade zwei Sanitäter raustrugen. Ich brauch ihn, dachte er. Und er hängt an mir. Endlich mal einer, der an mir hängt.

„Los", sagte er.

Die Sanitäter hoben Karl auf. Experiment Nummer tausendundeins, dachte er.

Sie wurden Kopf an Kopf auf denselben Wagen gelegt. Der Fahrer breitete eine Decke über sie aus.

Sie standen eine halbe Stunde. Der Mond kam. Im Wald sang der Sprosser. Aljoscha hatte Schmerzen; er knirschte mit den Zähnen.

Die Pferde vorm Wagen rupften Gras, der Fahrer war eingenickt.

Karl sah in den Himmel. Etwas wie Genugtuung war in ihm. Geschafft, dachte er. Ein Leben lang bin ich ihm weggelaufen; immer war's hinter mir her. Jetzt hab ich's eingeholt, jetzt hab ich Vorsprung. Eine Nasenlänge Ewigkeit; die holt's nicht mehr auf.

„Karel –" sagte Aljoscha plötzlich.

„Ja", sagte Karl; „Ljoscha, was ist?"

„Warum bist du in den Krieg gegangen?"

„Siehst du", sagte Karl, „das ist es. Genau das. Ja, warum eigentlich."

„Mußtest du?"

„Nein", sagte Karl. „Ich wollte."

„Warum."

„Aufsitzen!" rief der Sanitätsfeldwebel.

Die Fahrer, die abgestiegen waren, setzten sich auf ihre Wagen.

„Maaaaarsch!"

Karls und Aljoschas Wagen war der letzte in der Kolonne. Ihr Fahrer schlief noch; aber die Pferde liefen von allein los.

„Es widerte mich an", sagte Karl und schob sich auf der Strohschütte des Wagens zurecht; „verstehst du. Ich wollte nicht mehr."

„Was –: Leben –?"

„Doch; leben schon. Aber anders."

„Wie anders."

„Nicht mehr so feige, so – so dreckig, so viehisch, so – so egoistisch."

„Egoistisch – was ist das."

„Nichts Besondres. Wir sind's alle. Aber *ich* wollt's nicht mehr sein, verstehst du, ich nicht mehr. Ewig andre Menschen kaputtmachen. Leben — diesen ganzen Mist. Diese Lüge. Satt hatt ich's, verstehst du: satt."

„Aber im Krieg, da macht doch auch einer den andern kaputt. Da ist's doch noch viel schlimmer, im Krieg."

„Im Krieg ist man ehrlich, Aljoscha. Da sagt man gleich: Dir hau ich den Schädel ein. Und nicht erst: Ich liebe dich. Und dann murkst er die Selbstliebe ab, der Krieg. *So* klein wirst du im Krieg; *so* winzig. Tut gut, wenn du dir über bist; ist verlockend, wenn du dich haßt."

Aljoscha starrte in den Himmel. Er ist krank, dachte er; er reißt vor sich selber aus.

„Die Babuschka", sagte er langsam, „die Babuschka sagt immer: Wenn du *mich* gern hast, Ljoscha, mußt du auch *dich* gern haben. Nu, Karel, hat sie nicht recht? Wie kann ich hassen, was sie gern hat, hm?"

„Wenn man eine Babuschka hat", sagte Karl, „sieht das alles anders aus."

„Na, du hast doch die Frau gehabt, Karel, die Kinder . . . Ist das weniger, als eine Babuschka ist?"

Karl hustete, er mußte achtgeben, daß er sich nicht verschluckte. „Eine Babuschka, die versteht dich; aber eine Frau, Ljoscha, die liebt. Und Liebe, nichts als Liebe – das ist was Furchtbares."

„Los, hüsta, ihr Zossen!" rief der Fahrer und trieb die Pferde an. Die setzten sich in Trab.

Aljoscha stöhnte.

„Fahr langsam", sagte Karl auf Deutsch, so laut er konnte; „er hat den Bauch kaputt."

„Herrje", sagte der Fahrer, „ich dacht', du wärst auch bloß so 'n Hiwi." Er ließ die Pferde wieder im Schritt gehen.

Eine Kette Leuchtspurgeschosse perlte über sie weg. Die Radachsen knarrten.

Aljoscha drehte den Kopf zu Karl hin. Im Mondlicht sah das Blutgerinnsel um dessen Mund und Kinn wie ein Bartgestrüpp aus.

„Wir fahren jetzt zur Babuschka", sagte Aljoscha,

„weißt du das? Das Lazarett ist nur eine Station auf dem Weg zu ihr hin; nur ein Halteplatz, ja."

„Was wird sie sagen", fragte Karl, „wenn wir kommen? Wird sie sich die Hände an der Schürze abputzen, wenn sie dich sieht? Wird sie rausgerannt kommen? Wird sie sich freuen?"

„Paß auf", sagte Aljoscha, „das ist so. Sie guckt aus dem Fenster, wenn der Wagen rasselt; sie hat ihn ja gehört, den Wagen, nicht? Goshpodin! schreit sie, und nichts zu essen gemacht! Und rein wieder ins Haus mit dem Kopf und rennt auf ihren emsigen Beinen den Kellergang runter, die Sauermilch holen im Steintopf. Hier, sagt sie, und schneidet uns Brot ab und legt die Löffel neben den Borschtsch, eßt das erst mal, Kinderchen, eßt; ich mach euch was Bessres inzwischen. So sagt sie, siehst du, und steht keinen Augenblick still; keinen Augenblick, nein."

„Aber sie wird dich doch erst mal fragen, wie dir's gegangen ist, nein?"

„Wird sie nicht. Warum denn? Bin ja da. Bin ja gesund. Lauf ja und eß ja, nicht? Gar nichts wird sie fragen. Schimpfen wird sie auf sich, schimpfen und lachen und wieder in den Keller laufen und zwei Stück Fleisch aus dem Pökelfaß holen. Das ist von Mischa, weißt du, das Fleisch. Karel, ich sag dir, du, das war ein Schweinchen! Zwei Zentner hat es gehabt, das geliebte. Und sauber war es. Geputzt hat sie's immer, die Babka, geputzt und gewaschen. Hast du auch eins zu Hause?"

„Nein", sagte Karl; „aber einen Hund hab ich mal gehabt."

„Wie war der", fragte Aljoscha; „groß? Hat er sie gebissen, die du nicht leiden konntest, hat er aufgepaßt?"

„Einmal hat er mich selber gebissen", sagte Karl. „Ich – ich hatte die Uniform an, weißt du; er konnte Uniformen nicht leiden."

„Siehst du", sagte Aljoscha: „wie die Babuschka. Die

Babuschka hat immer gesagt: Es gibt Bauern, und es gibt Städter; es gibt Arbeiter, und es gibt Ingenieure, Aljoscha. Jeder hat sein Tuch und jeder hat seine Mütze; der Kleine eine kleine, der Dicke eine weite. Der Reiche hat eine Weste mit Silberknöpfen, und wir haben ein Sackhemd. So ist es vorgesehn, so ist es richtig. Aber, hat die Babuschka gesagt, aber, Aljoscha: wenn der Reiche ein braunes Tuch kriegt mit Blechknöpfen dran und der Arme ein braunes Tuch kriegt mit Blechknöpfen dran, was ist dann, Aljoscha? Weiß nicht, Babuschka, hab ich gesagt, sag's mir. Dann, hat die Babuschka gesagt, glaubt der Arme, daß er reich ist, und der Reiche, daß er arm ist; dann geht alles Gesetz kaputt, und niemand weiß mehr, wer der andre jetzt ist, weil sie doch alle jetzt gleich sind von außen. Weil doch der Faule so aussieht wie der Tüchtige jetzt, und der Gute so wie der Böse, Aljoscha." Und der Mörder wie der Gemordete, und der Feige wie der Tapfere, dachte Karl. „Ja", sagte er, „da hat die Babuschka wieder was Richtiges gesagt."

„Nicht?" sagte Aljoscha; „ja, so was hat sie gewußt. Nicht daß sie klug wäre, die Liebe. Nein, gut ist sie; gut, weißt du."

„Und wer gut ist", fragte Karl mühsam, „der weiß so was alles?"

„Was."

„Was richtig ist. Was man tun muß."

„Nu", sagte Aljoscha, „was fragst du."

Ja, dachte Karl; was frag ich. Er sagte: „Ob die Babuschka auch gewußt hätte, was man tun muß, wenn es hinter einem her ist?"

„Wer", fragte Aljoscha; „wer ist hinter dir her?"

„Das Nichts", sagte Karl.

Im Osten blitzten Mündungsfeuer auf; Sekunden später zuckte der Abschußknall über sie hinweg.

„Der Iwan", sagte Aljoscha.

Karl hielt die Augen geschlossen. Wenn er bloß nicht

vor mir stirbt, dachte er; wenn er bloß nicht vor mir stirbt.

„Das Nichts –?“ fragte Aljoscha und sah zu Karl hin. Was er für Blut verliert, dachte er.

Karl nickte.

„Was ist das.“

„Wenn ich's wüßte, würd' ich nicht vor ihm wegrennen.“

„Du rennst vor was weg, das du nicht kennst?“

„Ja“, keuchte Karl; „denk mal.“

„Das versteh ich nicht.“

„Hör zu“, sagte Karl, ohne die Augen zu öffnen; „warum lebst du, Aljoscha?“ Er hustete.

Aljoscha überlegte. „Weil – weil es die Babuschka jetzt allein auch nicht immer so schafft. Dann der Acker – das Sonnenblumenfeld –; oder das Haus gar, die Risse im Lehm: wer soll die heilmachen, was? Na, und die Kuh erst, die Hühner – was soll denn mit denen sein, hm? Soll die *Babka* vielleicht im Winter das Futter stehlen auf der Kolchose –?“

„Nein“, sagte Karl, „sicher nicht.“ Er versuchte sich etwas aufzurichten. „Und weißt du, warum *ich* lebe?“ Ein Hustenanfall warf ihn wieder zurück.

„Na?“ fragte Aljoscha. Er weiß es nicht, dachte er; Goshpodin, er weiß es nicht.

Karl schwieg; sein Atem rasselte.

Lauter Bläschen, dachte Aljoscha, lauter rote Bläschen hat er vorm Mund. „Sieh mal“, sagte er bedächtig, „der Gregory, nicht, mein Bruder – ihr habt ihn vor Kremetschugg totgemacht –, der hat die Babuschka auch mal gefragt. Wie ist das, Babka, hat er gesagt, manchmal, wenn ich übers Feld gehe abends und hol die Lisaweta nach Hause, die Kuh, da frag ich mich so: und wenn du sie jetzt nicht holst, die Kuh, und dich hinlegst und einschläfst und nie wieder aufwachst, Gregory, was ist dann? Du weinst, hat er zur Babka gesagt, gut. Aber sonst –: was ist? Die Kuh geht allein nach Hause; und am Abend, Babuschka, hat er gesagt, am Abend, da machst du dem Ljoscha genauso seine Bratkartoffeln wie immer."

Karl hob ächzend den Kopf. „Und –? Was hat ihm die Babka darauf gesagt?"

„Was sie ihm gesagt hat? Nu, hat sie gesagt, nu, Gregory, was soll ich dem Ljoscha auch keine Bratkartoffeln machen. Du bist tot; soll er hungern deswegen?"

„Weiter hat sie nichts gesagt?"

„Nein", sagte Aljoscha, „weiter nichts."

„Und was war", fragte Karl angestrengt, „als der Gregory dann wirklich tot war?"

„Nichts", sagte Aljoscha; „sie hat die Ikone verhängt für zwei Tage, und am Mittag sind wir aufs Feld gegangen."

Sie fuhren über eine Wiese. Schlamm saugte sich in den Radspeichen fest; Kiebitze kreischten. Ein Brachvogel pfiff.

Sie hat die Ikone verhängt für zwei Tage, und am Mittag sind sie aufs Feld gegangen, dachte Karl. Was, der Gregory tot? Nu ja. Komm, Ljoscha, wir müssen die Kartoffeln noch häufeln. Er lächelte.

„Was ist?" fragte Aljoscha, der ihn angesehen hatte.

„Ich freu mich", sagte Karl; „kannst du dir das vorstellen: Ich freu mich."

Der Wagen hielt. Weiter vorn war ein anderer in einen Graben gefahren. „Hoooo-ruck!" riefen ein paar Stimmen zugleich; „hooo-ruck!"

Die Pferde schüttelten sich. Das Geschirr klatschte auf die schweißigen Leiber; die dampften.

„Auf die Babuschka, ja?" fragte Aljoscha; „auf die Babuschka freust du dich, Karel?"

„Ja", sagte Karl; „ich freu mich, daß wir zusammen zur Babuschka fahren." So kann man's auch nennen, dachte er. Und er fragte: „Wie liegt euer Haus? Am Rand vom Dorf oder mittendrin? Stehn Bäume davor? Pappeln vielleicht?"

„Was ist“, fragte Aljoscha und stützte sich etwas auf; „warum sprichst du so leise?“

„Ich sprech doch nicht leise“, flüsterte Karl; „hör doch, ich sprech ja ganz laut.“ Er lächelte wieder; die Augen hielt er geschlossen. Das Haus, dachte er, das Haus der Babuschka. Wetten, daß Sonnenblumen davor stehn? „Stehn Sonnenblumen davor“, fragte er; „ja?“

„Nein“, sagte Aljoscha, „Mais; für die Kuh, weißt du. Das heißt, die Kolben essen wir selber.“

„Hüh!“ rief der Kutscher.

Sie fuhren wieder.

„Melkt sie selber?“ fragte Karl.

„Was –?“ fragte Aljoscha und beugte sich über ihn.

Er versteht mich nicht, dachte Karl. „Natürlich melkt sie selber“, sagte er; „nicht, Ljoscha?“

Aljoscha hatte Schmerzen; aber er spürte sie nicht. Er sah Karl ins Gesicht, er schluckte. „Es – es sind nur ein paar Häuser“, sagte er stockend und brachte den Mund dicht an Karls Ohr; „fünf oder sechs, weißt du. Wir liegen ganz außen; wenn du vom Westen kommst, vom Wald her, weit links; an den Pappeln; ja, an der Pappelgruppe. Viel Sand; aber guter Kartoffelboden. Auch Roggen kommt leidlich; manchmal auch Mohn. Hörst du mich noch –?“

Karl bewegte die Lippen. Er lächelte.

Aljoscha hielt sein Ohr über Karls Mund.

„Ist es weiß“, flüsterte Karl; „ja, Ljoscha? Ganz weiß, das Haus mit der Babuschka drin?“

Es ist braun, dachte Aljoscha, rissig und braun. „Ja, es ist weiß“, sagte er. „Es leuchtet wie ein Segel mittags, wie eine Wolke, Karel.“

„Und der Stall“, flüsterte Karl, „der Stall mit den Tieren drin; erzähl, wie es im Stall aussieht, ja?“

Aljoscha biß sich auf die Lippen. Das blutet und blutet aus seinem Mund, dachte er, und hört nicht auf. „Wenn man reinkommt“, sagte er heiser, „wenn man reinkommt, ist rechts gleich die Bucht für das Schwein; da stapeln wir Brennholz. Oben drüber liegt die Stange für die Hühner. Vier Stück haben wir; eins hat der Habicht geholt. Und links, links steht die Kuh, die Lisaweta; vier Liter gibt sie am Tag; vier, ja. Manchmal auch nur zwei oder einen; manchmal auch gar nichts; wie die Weide ist, je nachdem."

Die Wiesen, durch die sie fuhren, waren mit Tümpeln durchsetzt; Nebel stieg auf aus ihnen, Frösche quarrten. Karls Kopf war seitlich auf die Schulter gesunken. Aljoschas Wange lag dicht neben Karls Mund; der Atemhauch, der sie traf, hätte von einem Falterflügel herrühren können.

„Über den Hühnern", sagte Aljoscha gepreßt und schmeckte das Salz seiner Tränen, „über den Hühnern liegen Kiefernstangen, frisch geschälte. Da kommt im Herbst das Winterheu drauf. Von außen ist der Stall nochmal mit Holz verschalt; innen sind die Wände aus Weidengeflecht und aus Lehm; aber gekalkt: weiß, das haben sie gern, die Tiere."

„Aljoscha", sagte Karl plötzlich laut, „das Mohnfeld, das Mohnfeld –"

„Was?" fragte Aljoscha. „Warum sprichst du nicht russisch?"

Karl schwieg.

Aljoscha beugte sich über sein Gesicht. Den Mund konnte er wegen des Bluts nicht erkennen. Aber die Augen. Sie waren starr.

„Was denn für 'n Mohnfeld?" fragte der Fahrer und drehte sich um.

Aljoscha zitterte. Er hatte wahnsinnige Angst, der Fahrer könnte merken, daß Karl gestorben wäre und würde ihn abladen.

„Manchmal haben wir auch ein Lamm aufgezogen", sagte Aljoscha laut zu dem toten Karl und starrte auf den Rücken des Fahrers; „so ein krausliges, weißt du. Wenn es ein Schaf war, so ein richtiges, haben wir es geschoren. Gab allerhand Wolle. Die haben wir eingetauscht auf dem Kolchos; gegen fertiges Leinen. Hat die Babka Hemden gemacht draus, auch mal ein Betttuch."

Der Fahrer bewegte sich.

„Den Flachs allerdings", sagte Aljoscha noch lauter und fing wieder an zu zittern, „den Flachs hat sie selber gesponnen; abends vorm Haus meist. Wenn der Mond schien, auch nachts noch. Ich hab daneben gesessen und Löffel geschnitzt oder so was."

Als der Fahrer auf der Bank vorn zusammengesackt war und zu schnarchen begann, hörte Aljoscha auf zu reden. Er hatte sich schon vorher mehrmals unterbrochen, hatte den Kopf gehoben und sich umgesehen; die Gegend kam ihm bekannt vor. Wenn er nur diese irrsinnigen Schmerzen in den Eingeweiden nicht gehabt hätte; so kriegte er nur immer den Kopf etwas hoch; sobald er die Ellenbogen dazunehmen wollte, hätte er aufschreien können vor Qual.

Aber dann erkannte er es doch; an einer Baumgruppe sah er es: Pappeln; und dahinter lagen die Häuser; fünf oder sechs, graubraun, strohgedeckt und aus Lehm: Er war da. Dort drüben, links zum Wald hin, das letzte mit dem Holzstall daneben, das war es – das Haus, in dem die Babuschka wohnte.

„Paß auf", sagte Aljoscha zu Karl, „paß auf jetzt, da ist es." Er lachte vor Freude. Er richtete sich auf ohne den geringsten Schmerz. „Langsam, Pferdchen, langsam", sagte er und half Karl sich hochzustützen. „So", sagte er, „geht's?"

Karl setzte sich auf. „Natürlich geht's. Wo ist es", fragte er.

„Da", sagte Aljoscha, „zum Wald hin; das linke."

„Braun?" fragte Karl; „du hast doch gesagt, daß es weiß wär'."

„Ist es auch", sagte Aljoscha; „das täuscht. Aber komm jetzt."

Er schwang sich vom Wagen.

Karl folgte.

„Nu –?“ sagte Aljoscha.

Sie standen einen Augenblick still und lauschten auf das leiser werdende Wagengerumpel.

In Aljoschas Schläfen summte das Blut; ein Messer bohrte sich in seine Eingeweide. Er taumelte. Dann packte er Karls Handgelenk. „Komm“, keuchte er, „komm, Karel.“

Aber Karl war zu müde; er blieb stehen.

Da lief Aljoscha allein. Er lief geradewegs auf die Lehmkate zu, auf die linke, auf die mit dem Holzstall daneben.

Auch die Pferde waren müde. Die Deichsel des letzten Wagens krachte dem vorderen in die Rückwand.

Der Fahrer fuhr hoch. „Was ist los?“ fragte er.

„Idiot“, sagte der vorletzte, „Pinkelpause.“

Der andere sprang ab und ließ Wasser am Hinterrad. „Na“, sagte er dabei zu Aljoscha und Karl, „na, ihr beiden –? Fritze!“ rief er dann, „komm mal her.“

„Wo brennt’s denn?“ fragte der zweite.

„Sieh dir mal die beiden hier an.“

Der andere sah über die Rückwand weg: „Die Fuhre hättst du dir sparen können.“

STEPPENKOPP

GEWIDMET: DEM KUPFERGRABEN IN BERLIN

I. DER AUFSATZ

Es war kurz nach zwölf; an den Schulhof stieß der Exerzierplatz einer Kaserne, trotz der geschlossenen Fenster hörte man deutlich durch das träge Kratzen der Stahlfedern hindurch die Kommandos.

An der Tafel stand in der ungefügen Kinderschrift des Junglehrers das Aufsatzthema: ‚Wie beschäftige ich mich in meiner Freizeit'; es wurde zu dieser Stunde in allen Klassen darüber geschrieben, denn es ging um einen Schulwettbewerb; die besten Aufsätze sollten prämiiert, in Leder gebunden und von einer Schülerdelegation dem Präsidenten zu seinem Geburtstag überreicht werden. Es wäre natürlich erwünscht, recht originell zu schreiben, hatte der Schulleiter in seiner kurzen Ansprache erklärt; das Hauptgewicht würde aber, wie es sich bei solch einem wichtigen Anlaß ja eigentlich von selbst verstände, auf der Schilderung von Beschäftigungen liegen, die den Errungenschaften der Republik auch Ehre einlegten.

Heini nagte an seinem Federhalter und sah, ohne den Kopf hinzuwenden, aus den Augenwinkeln zum Fenster hinaus. Jetzt, so um zwölf herum, war es am schlimmsten. Dann waren alle die schwankenden, gelb funkelnden Nachtkerzen auf den kantigen Ruinenbergen auf einmal in seinem Kopf drin, und durch den staubig glosenden Hitzeschleier, den der Sommer dort draußen vor dem Schulhof heruntergelassen hatte, durch diesen zittrigen, flackernden Schleier aus Sonnenglast hindurch, sah er still, groß, leer, majestätisch: *sein* Land. Die kahlen, mit rissigen Asphaltplacken bedeckten Höfe; die kühlen, bitter nach schimmligem Seegras duftenden Keller; die herumliegenden, weiß gerillten Kacheln; die ausgebrannten, dachlosen, tief mit Himmel gefüllten Häuser, in denen die Fenster keine Kreuze mehr hatten, und die schorfigen Mauern, die das bißchen rangewehte Erde in ihren Ritzen willig den Birkenkrüppeln zur Verfügung gestellt hatten, die jetzt mit ausgestreckten, unterernährten Blätterarmen und krampfig gekrümmten Wurzelfüßen versuchten, die Balance zu halten.

Es war ein Land ohne Menschen. Ein Land, auf dessen zerfurchten, mit Brandbombenschwänzen gespickten Straßen die Haubenlerche in betulichem Trippelschritt einkaufen ging. Ein Land, wo die Ratten abends ihre Blechbüchsen unter den Steinfliesen hervorzogen und sich schmatzend den muffigen Seegrastabak in die Pfeifenköpfe stopften, aus denen sie, mit aufgestützten Ellenbogen halb aus ihren spinnwebgardinengeschmückten Löchern heraussehend, blaugrüne, kerzengerade Rauchfähnchen aufsteigen ließen. Und es war ein Land, in dem die alten Kochtöpfe, die ausgeleierten Sprungfedern, die zerquetschten Regenrinnen und durchschossenen Müllkastendeckel, der schäumende Hederich, die emsigen Asseln, der bronzene Laufkäfer, ja, selbst die hoch oben kreisenden Mauersegler alle, alle nur einen einzigen König gelten ließen. Nicht etwa einen der draußen, an den Grenzen seines Landes entlang hockenden Angler, denen er die Macht über die Fische und überhaupt über den ganzen Kupfergraben, mitsamt allen Möwen und Brücken und hineingefallenen Steinen und angetriebenen Äpfeln und toten Katzen gern gönnen wollte; und auch nicht etwa das altehrwürdige, narbenbedeckte Maultier, das morgens und nachmittags dampfend den quietschenden Konsumbrotwagen durch die Gertraudenstraße zog; nein, alle Bewohner seines Landes huldigten *ihm,* ihm, Heini und sonst niemand.

Er sah, den Federhalter im Mund und ohne sich aufzurichten, nach vorn, wo der Junglehrer die mächtigen Papierflügel des ‚Neuen Deutschland' aufgeklappt hatte und manchmal unter seinen dicken Lidern hervor geheuchelt gleichgültig über die zweiundvierzig gebeugten Rücken hinblickte, und Heini sah das Bild an, das über dem Lehrer hing, den gemütlichen, alten, weißhaarigen Präsidenten darauf mit dem Abzeichen im Knopfloch. Nein, der konnte ihm nicht imponieren. Der hatte Minister, Soldaten und Polizisten nötig, um sein Reich zusammenzuhalten. Der mußte Geburtstag haben oder Aufmärsche befehlen, damit man ihm huldigte. Ihm, Heini, jedoch huldigten seine Untertanen täglich. *Ein* Windhauch, und die Klettenbüsche brachten sich vor Ergebenheit beinah um. *Ein* Gang durch sein Reich, und das Lächeln der verwitterten Backsteine wurde so breit, daß ihr roter, langgezogener Mund mit den grau blitzenden Mörtelzähnen kaum noch Platz hatte auf ihnen.

„Zebula", sagte da plötzlich eine feindliche Stimme.

Heini lauschte ihr verblüfft einen Augenblick nach. Jetzt schwankten wieder, feuergelb und begeistert, die Nachtkerzen in seinem Kopf, und er schmeckte den auf den Zähnen knirschenden, mit Holzgasgeruch vermischten Mittagsstaub auf einmal so deutlich, als läge er auf einem der großen, geborstenen, sonnendurchglühten Steinquader in seinem Reich und spürte den Wind über die aufgestellten Knie hinweg Bocksprünge machen.

Aber er war nicht in seinem Land, er war in der Schule; dort vorn saß der Lehrer und sah ihn unter seinem böse glänzenden Haarhelm hervor argwöhnisch an.

„Na, wird's bald? Ich hab gesagt, du sollst nach vorn kommen mit deinem Heft."

Die anderen richteten sich auf. Die meisten waren schon fertig, sie legten vorsichtig das Löschblatt zwischen die Seiten, fuhren noch einmal, sich die Lippen befeuchtend, mit dem Ärmel über den Heftdeckel hin und drehten sich erwartungsvoll um. Es mußte jeden

Augenblick klingeln; vom Exerzierplatz kamen immer noch die Kommandos herüber, doch es war jetzt so still im Klassenraum, daß man auch deutlich einen Brummer sich an der oberen Fensterscheibe den Kopf stoßen hören konnte.

Es war immer so still, wenn Heini aufgerufen wurde; er war ja noch nicht lange in der Klasse. Vor einigen Wochen war er noch auf die Hilfsschule gegangen, doch die Lehrer dort glaubten es allmählich verantworten zu können, ihn einer normalen Volksschule zu überlassen, und so war er, zwei Klassen tiefer, als es seinem Alter entsprochen hätte, hierher, zwischen Kalle und Tulla und Prißke und Goschnik und all die anderen geraten, die ihn jetzt phlegmatisch und lauernd, angewidert und selbstsicher ansahen.

Heini stand langsam auf; er haßte es, nach vorn gehen zu müssen, er brauchte die Bankkante in den Kniekehlen, um sich gegen all die Blicke ringsum behaupten zu können. Das Heft achtlos gegen die Brust gepreßt, ging er mit so kleinen Schritten wie möglich zur Tafel.

„Wann hast du eigentlich geschrieben?“ fragte der Lehrer; „ich hab dich die ganze Zeit nur rumkucken und an deinem Federhalter knabbern sehn.“

Heini zog etwas den runden, kurzgeschorenen Kopf ein; er schwieg.

Hinter ihm machte Tulla halblaut einen Witz über ihn; die anderen lachten.

„Ruhe“, sagte der Lehrer. „Los, zeig dein Heft her.“

Heinis Kopf sank noch etwas tiefer zwischen die Schultern, nur die abstehenden Ohren schienen ihn davor zu bewahren, ganz zu versinken. Er hielt immer noch das Heft an sich gepreßt.

„Der meutert“, sagte Kalle bedächtig, um das kostbare Wort nicht zu schnell zergehen zu lassen.

Prißke fuhr sich erregt mit dem Daumen hinter die beschlagenen Brillengläser.

„Ruhe“, sagte der Lehrer. Er stand auf und trat unsicher vor Heini hin.

Die Jungen ruckelten sich erwartungsvoll zurecht.

Auf dem Schulhof war das platzende Zischen zu hören, mit dem der Wasserstrahl aus dem Schlauch schoß; da sprengte die Hausmeisterin jetzt das ausgedörrte Fliederrondell.

„Gib das Heft her!“ Der Lehrer streckte die Hand aus.

Heini wich etwas zurück.

„Schön“, sagte der Lehrer. Er riß ihm das Heft weg und klappte es auf; es enthielt nur leere Seiten.

„Aber du hast ja noch nicht mal die Überschrift abgeschrieben!“

Goschnik pfiff durch die Zähne. „Steppenkopp streikt“, sagte er und sah sich mit hochgezogenen Brauen zu den anderen um; „da ist was gefällig, Jungs.“

Tulla nickte andächtig, darauf hatte er schon lange gewartet. Er wohnte nicht weit von Heini entfernt; er hatte ihn dort oft auf rätselhafte Weise verschwinden sehen, das mußte längst mal nachgeprüft werden.

Mit Heini war eine Veränderung vor sich gegangen; er stand auf einmal da, als wäre er zeitlebens auf allen vieren gelaufen und hätte sich nur mal eben, wie zum Angriff, mit den Händen vom Boden abgestoßen; er zitterte.

Goschnik trat aus der Bankreihe; er strich sich eine unsichtbare Haarsträhne von der Stirn weg und ging in Boxstellung. „Kannst rankommen, Steppenkopp; los.“ Die hinteren stiegen auf die Bänke.

„Gebt um Gottes willen Ruhe“, sagte der Lehrer; „sonst laß ich euch alle nachbrummen.“

„Langsam“, sagte Kalle, ohne aufzustehen; „wer ist denn hier der Meuterer: Steppenkopp oder wir?“

„Der will den Wettbewerb sabotiern“, sagte Prißke schrill und hatte auf einmal zwei knallrote Flecke auf den blassen, eingefallenen Wangen.

„Regt euch nicht auf", sagte der Lehrer. Er zupfte unbehaglich an seinem offenen Hemdkragen herum. „Das wird sofort geklärt. Zebula", sagte er und räusperte sich, „warum hast du den Aufsatz nicht mitgeschrieben."

Jetzt klingelte es; überall hörte man die Türen aufgehen und die Jungen lärmend auf die hallenden Gänge herauskommen. Auch in der Klasse standen einige auf und fingen an, ihre Mappen zu packen.

„Setzt euch ja hin", sagte der Lehrer; „beklagt euch bei Zebula, wenn ihr nicht rechtzeitig wegkommt. Na –?" fragte er.

Heini starrte geduckt in all die ihm zugekehrten Gesichterscheiben. Feiglinge; jetzt, wo die Ratten nicht da waren, und er wehrlos vor ihnen stand, beschimpften sie ihn und schossen sie mit ihren Augen nach ihm. Sie sollten nur mal in sein Land einzudringen versuchen, dann würde er ihnen zeigen, wie mächtig er war. Er würde alle befreiten Steine zusammentrommeln; den Wind und den Staub, die Mittagshitze und Wolken von Asche würde er ihnen entgegenschicken. Und die herrenlosen Tauben ließe er aufsteigen mit scharfkantigen Eisenbrocken und bleiausgegossenen Bierflaschenscherben in den Fängen; und Mauern und ganze Häuser würden sich freudig opfern für ihn und lautlos über ihnen zusammenstürzen. Und zuletzt kämen die Ratten.

„Jetzt grient der auch noch!" rief Prißke empört und verzog angeekelt den Mund.

„Ach", sagte der Lehrer hilflos, „das macht dir wohl auch noch Spaß, uns hier festzuhalten."

Heini richtete sich langsam wieder auf. Es war ja noch gar nicht so weit; sie kannten ja sein Land noch gar nicht; er war ja standhaft geblieben, sein Heft war leer: er hatte ihnen ja nicht verraten, daß er ein heimlicher König war und zwischen Kupfergraben und Spree das schweigsamste, schönste und gehorsamste aller Länder regierte: das Nachtkerzenreich, die Klettenprovinz, das Land Rattengrau. Er lächelte wieder. Was für eine sinnlose Angst! War denn sein Land in Gefahr? Nein, herausfordern wollten sie ihn, er sollte sich ihnen verraten. Als ob sie etwas damit hätten anfangen können zu wissen, wo die Haubenlerche einkaufen ginge! Aber weg mußte er hier, es war Mittag, Audienzzeit, der Wind würde unruhig werden, wenn er nicht käme. Und unauffällig schätzte er die Entfernung vom Podium zur Tür ab.

„Schön", sagte der Lehrer erregt; „du willst also nicht. Dann muß sich der Rektor mit deiner Verstocktheit befassen."

Das war das Stichwort. Mit zwei, drei Sprüngen war er an der Tür. Prißke, der ihn über die vorderste Bankreihe weg zu fassen versuchte, taumelte, von einem Faustschlag getroffen, mit verbogenem Brillengestell zurück, und Heini riß die Tür auf und rannte den Gang entlang und raste die Treppe hinab und jagte über den Hof.

Noch nie war das Nachtkerzengelb in seinem Kopf so lockend gewesen wie jetzt. Es gab keinen Menschen und keinen Verkehr, es gab nur diese flackernden Stauden und nur, zwischen ihren stürmisch heranbrausenden Stengeln vor ihm die endlose, totenäugige Straße, den bleiblauen Himmel, und um ihn und an seinen Schläfen und an seinen wirbelnden Beinen und den in der Luft wühlenden Fäusten den körnigen, glutvollen Atem des Windes, dessen Sog stärker und stärker wurde, je schneller er rannte.

Aber dann war auf einmal Widerstand da, eine breite, lebende Mauer aus Schweißgeruch, Lederzeug, Uniformen. Zu spät, ihr auszuweichen; und er bohrte sich mit gesenktem Kopf in die quer über die Straße marschierende Volkspolizistenkolonne hinein. Die geriet ziemlich durcheinander davon. Doch dann hatten ihn endlich ein paar Arme zu fassen bekommen, ein schimpfender Offizier schleppte ihn zum Kaserneneingang zurück und übergab ihn dem mechanisch zugreifenden Posten.

Fast die halbe Klasse hatte sich an Heinis Verfolgung beteiligt. Aber als Goschnik und Tulla und die anderen jetzt hörten, daß der Offizier dem Posten einschärfte, herauszubekommen, wie dieser grobe Unfug hatte passieren können, da zogen sie sich unauffällig zurück. Allerdings nicht sehr lange; denn kaum war der Offizier der Kolonne nachgerannt, da geschah etwas Unvorherzusehendes.

Der Posten beugte sich zu Heini herab, faßte ihn unter das Kinn und riß ihm unwirsch das Gesicht hoch. „Jungens wie dir", fing er an, „müßte man einfach –" Er stockte, ließ Heini los und starrte ihm sekundenlang fassungslos ins Gesicht.

Es war das furchtbarste Kindergesicht, das er jemals gesehen hatte. Nein, es war kein Kindergesicht, es war ein Steppengesicht. Flach, fast nach innen gebogen; die fahlgraue Pergamenthaut über den vorgewölbten Backenhügeln beinah zum Zerreißen gespannt, und die Augenschlitze so schmal, als wären sie nachträglich in diesen armen, glatten, zeitlosen Kegelkopf mit der stumpfen, tierisch witternden Nase eingeritzt worden. Und doch auch so etwas wie ein Lächeln um den dünnen, sandpapierrauhen Mund. Ein Lächeln, ja; Heini hatte es immer, wenn er so angestarrt wurde; es war nicht gerade freundlich, aber es war auch nicht unfreundlich. Doch als er sich jetzt plötzlich umdrehte und losrannte und gleich auch wieder seine keuchenden Verfolger hinter sich herriß, da war es wie mit einem Schlage verschwunden.

II. EIN MITTAGESSEN

Es war dreiviertel eins; das dicht mit einer engmaschigen Gardine verhängte Fenster der Wohnküche stand einen Spalt breit auf, und über die verdorrten Geranien auf dem Fensterbrett weg konnte man die blankgescheuerte und in der Sonne glänzende Teppichstange und ein Stück der abgeblätterten Hofmauer sehen, an der ein Stoß leerer Fensterrahmen lehnte, und hinter der Mauer eine einstöckige Wohnhausruine, die in einen unkrautüberwucherten Backsteinhügel auslief. Himmel sah der Mann am Tisch auch: einen winzigen, unnatürlich blauen Fetzen, er wirkte wie festgepinnt.

Die Frau kostete, was sie gekocht hatte und setzte sich ihm gegenüber, das glatte, angespannte Gesicht halb nach rückwärts, zum Fenster gewandt; sie lauschte.

„Noch zehn Minuten", sagte der Mann. Mauersegler schossen endlos hoch wie winzige, diamantene Glasschneider über dem Stückchen Blau hin und her. Sprang der Wind um, war das monotone Rauschen der Schleuse, oder von der Mühlendammbrücke herüber das harte, resonanzlose Klingeln der Straßenbahn zu hören.

„Ich glaub's nicht", sagte die Frau; „'s wär' das erste Mal; er hat nie irgendein Gefühl für Zeit gehabt."

„Braucht er auch nicht", sagte der Mann; „genügt, daß er einsieht, wir warten auf ihn."

„Einsieht –!" Die Frau bog die Mundwinkel herab; „was denn einsieht?"

„Er hat mir richtig aufmerksam zugehört", sagte der Mann. „Ich mach jede Wette mit dir: er hat verstanden, daß er pünktlich sein soll."

Ein Schlepper tutete dumpf auf der Spree; die Frau lauschte dem langgezogenen Pfiff mit leerem Gesicht nach. „Wär' ein Wunder. Hast du noch mehr solche Wunder auf Lager?"

Der Mann sah vor sich nieder. „Kann sein; mit Geduld ist 'ne Menge zu schaffen."

„Dann hab ich 'n Wunsch." Ihre Stimme klang rauh: „Bring mir die Angst weg, die ich vor ihm hab."

Der Mann hob langsam den Kopf und blickte sie an. Unterhalb einer frischen Schramme an seiner Schläfe hatte sich eine kleine, krumme Blutbahn gebildet, die sich in der Braue verlor; da hatte ihn beim Fensterrahmensäubern vorhin ein Splitter verletzt, er hatte seine Glaserwerkstatt im Keller.

„Else —", sagte er beschwörend.

Sie hielt seinen Blick aus. „Ja", sagte sie, „was ist?"

„So geht's nicht, so gewinnen wir ihn nie."

Ihre Wangenschatten vertieften sich noch. „Du hast Glück", sagte sie, „du hast seinen Vater nicht gesehn."

„Es ist sinnlos, immer wieder damit anzufangen", sagte er.

„Es ist nicht immer wieder ein Anfang", sagte sie; „dann hätte es ja mal aufgehört."

„Es ist trotzdem sinnlos", sagte er; „der Krieg ist vorbei — wir leben."

„Ja —?" sagte sie; „bist du so sicher?"

Draußen fingen jetzt wieder die Kinder an zu lärmen; sie hatten fertiggegessen und spielten nun weiter.

„Soll ich zumachen?"

„Wozu?" sagte sie; „ich hab's gern, wenn Krach auf'm Hof ist. Nichts schlimmer als Kinder, die still sind."

„Aber er beschäftigt sich ja", sagte der Mann gequält.

„Ja", sagte sie; „bloß womit."

„Ich bin kein Spion", sagte der Mann; „ich lauf ihm nicht nach."

„Auch besser so", sagte sie. „Würd' mich gar nicht wundern, wenn er noch dasselbe tut, was er früher immer gemacht hat. Weißte noch?" Sie senkte etwas die Stimme: „Stundenlang sich Sand aus der linken Hand in die rechte Hand laufen lassen und wieder zurück – wie ’ne Eieruhr.“ „Er sieht oft den Anglern zu“, sagte der Mann mühsam. „Wo stehn die?“ fragte sie; „in den Trümmern hinter der Sperlingsgasse vielleicht? In den Ruinen an der Friedrichsgracht etwa?“

Langsam verlor der Mann die Beherrschung. „Was soll das?“

„Da sehn ihn die Kinder manchmal verschwinden.“

„Die Kinder –!“ rief der Mann zornig; „auf die mußt du hörn! Dieses blonde, gesunde Kroppzeug!“ Er verzog angewidert das Gesicht. „Hast du vergessen, wie ich versucht hab sie rumzukriegen, mit ihm zu spielen?“

„Nein“, sagte sie; „ich hab *nichts* vergessen.“

„Ich hab mich noch nie so erniedrigt“, sagte er; „und der Erfolg? Das Spielzeug kassiert, das ich ihnen versprochen hab und den Jungen fast schlimmer geschnitten als vorher.“

„Logisch“, sagte sie; „ihre Eltern haben mich ja schon geschnitten, als ich im sechsten Monat war mit ihm. So was vererbt sich.“

„Wenn ich fünfundvierzig schon zu Hause gewesen wär’“, sagte der Mann, „die hätt’ ich umgebracht.“

Sie neigte sich lauschend zurück; ihr Gesicht war jetzt wieder ganz leer. Der Lärm draußen hatte einen Augenblick nachgelassen, und man konnte von der Jannowitzbrücke herüber sekundenlang das klirrende Rattern der S-Bahn hören.

„Nein“, sagte sie, als gleich darauf das Geschrei wieder losging, und die Starre in ihrem Gesicht lockerte sich etwas, „ich hab mich geirrt. Manchmal“, sagte sie, leer an ihm vorbeiblickend, „manchmal denk ich, es wär’ das Beste gewesen, der Soldat damals hätt’ *ganz* Schluß gemacht mit mir.“

Der Mann schluckte; sein Adamsapfel schoß ein

paarmal auf und nieder. „Laß noch was an mir dran", sagte er heiser.

„Es wär' für uns alle besser gewesen", sagte sie hartnäckig; „auch für den Jungen."

Der Mann merkte, daß ihm die Hände zu zittern anfingen; er umspannte schnell den leeren Teller mit ihnen; doch der hektisch an der Decke hin und her zuckende Lichtreflex verriet ihn. „Heini lebt aber", sagte er; „und er ist doch in den neun Jahren auch *mein* Kind geworden."

„Wieso *auch?*" sagte sie.

„Hör auf", sagte er, „ich kann nicht mehr."

„Und ich?!" sagte sie heftig und beugte sich zu ihm über den Tisch; „ich soll noch können, ja?"

Der Mann starrte vor sich hin auf den Teller; undeutlich, klein und verzerrt blickte von dem gelben Porzellanboden sein Gesicht zu ihm auf. „Und unser Mut? Und unsere Geduld? Und all die Anstrengung, uns an ihn zu gewöhnen? Soll das alles umsonst gewesen sein?"

Sie ließ sich wieder zurückfallen, ihre Arme pendelten leblos, als gehörten sie nicht zu ihr, gegen den Stuhl. „Ja", sagte sie, „so redet 'n Mann: Mut – Anstrengung – Gewöhnung – Geduld ... Und Liebe?!" Sie schrie fast. „Warum kann ich ihn nicht liebhaben?"

„Liebhaben ist nicht das Wort für ihn", sagte der Mann.

„Sondern –?" Sie sah ihn böse, beinah haßerfüllt an.

„Ich weiß das richtige nicht", sagte er; „ich weiß nur, ich häng jetzt an ihm."

„Mitleid", sagte sie geringschätzig.

Der Mann schwieg; jetzt war *er* es, der lauschte. Der Lärm draußen war ganz plötzlich verstummt, man hörte noch ein paarmal einen Ball auftippen und etwas weiter, vom Kupfergraben her, vielstimmiges, zänkisches Möwengekreisch.

Sie stand auf und trat an den Fensterspalt. Die Kinder draußen standen unbeweglich und sahen erwartungsvoll lauernd zur Hofeinfahrt hin. „Er kommt“, sagte sie.

III. DER HERRSCHER

Es war kurz nach halb zwei; das schattenlose Trümmerfeld war mit einem welligen Teppich aufwärtszitternden Sonnenglastes bedeckt, in den hellblaue Klettenblüten und vergilbter Hederich eingewebt waren. Hier und dort sahen schräg rostverkrustete Eisenträger aus dem pulvrigen Schutt, und kompakte Riesenwürfel aus Mauerbewurf, brandroten Backsteinen und schaumig erstarrtem Mörtel lagen umher. Zwei stehengebliebene Hausecken gab es auch; sie hatten aber nichts miteinander zu tun; die rechte war innen gekachelt, und es ragte noch, wie eine erschlaffte Blechsonnenblume, die verbogene Brause aus ihr empor: das war der Beobachtungssitz zum Feindesland hin, das an der Schleuse vor dem Marx-Engels-Platz anfing. Die linke Hausecke war zum Altar geweiht worden; Taubenfedern wuchsen dort aus dem Boden, ein Knochen lehnte an der Wand, und aus zwei Sprungfedern und einer darübergelegten Schieferplatte war der Opfertisch aufgebaut worden. Hier wurden beschriebene Schulheftseiten und Zeitungsblätter verbrannt, Spatzenspione dargebracht und wertvolles Stanniolpapier in windgerechte Schnipselmünzen zerrissen. Kein Windhauch ging; nichts bewegte sich; nur der Husten des Anglers, der an der Gracht unten über dem Flußgitter hing, zerbrach hin und wieder die Stille.

Heini lag, ein Knie hochgestellt und die verschränkten Arme unter dem Kopf, auf seinem sonnendurchglühten Steinquaderthron und regierte. Er hatte erst eben damit begonnen; er war aufgehalten worden, der

Mann und die Frau hatten sich mal wieder störrisch gezeigt und ihn nicht weglassen wollen. Immer wollten die, daß er mit ihnen spräche! Dabei konnten sie noch nicht mal die gewöhnliche Haubenlerchensprache, die doch nun bestimmt einfach genug war. Er hatte einmal beim Essen probehalber ein paar Worte in ihr gepfiffen, wirklich das Allersimpelste nur – nichts; der Mann hatte schmallippig auf seine Hände gesehen, und die Frau hatte wie üblich ihre stählernen Gewehraugen auf ihn gerichtet und löchrige Schattenbacken gemacht, das war alles gewesen.

Heini sah blinzelnd zur Sonne hinauf und befahl ihr in seinen Gedanken, den Hederich nicht zu sehr auszudörren, der war gerade schon spröde genug. Und wie hartnäckig und ermüdend die fragten! Warum er erst jetzt käme; wieso er so atemlos wäre; wo er seine Mappe hätte; warum er nichts äße; wieso er trotzdem zwei Schmalzstullen wollte. Was sollte man ihnen darauf denn sagen? Daß man nur gekommen war, um seine Verfolger irrezuleiten? Daß es aufs Selberessen nicht ankam? Daß er aber den Ratten schon seit Tagen Schmalzstullenbrocken versprochen hatte, nur unterwegs immer sein Frühstücksbrot an die Enten, die Fische, das alte Maultier und die Möwen weggab, und wen man sonst noch alles mit durchfüttern mußte? Wozu? Wozu *überhaupt* reden? Die kriegten ja doch nur ihre Tellergesichter, wenn er was sagte.

Ein Hänflingsschwarm zuckte, vom Kupfergraben her, wie eine grobkörnige Staubwolke über ihn weg. Heini schickte den Vögeln stirnrunzelnd die Weisung hinauf, alles, was sie beim Überfliegen seines Reiches jetzt sähen, streng für sich zu behalten. Vor allem den Spatzen gegenüber war Vorsicht geboten, die haßten sein Land, es war ihnen zu leblos, zu still; und es hatte auch zuviel Würde für sie. Sie waren Anbiederung und Menschennähe gewöhnt; das machte falsch und devot und züchtete Denunzianten heran. Kein Wunder, wo doch die Menschen nur darauf aus waren, die Stille zu töten und jeden, der sie zu verteidigen wagte, indem er schwieg, so lange quälten, bis er zu reden anfing.

Man sah es ja an der Frau. Was gab sie sich nicht für lärmende Mühe, einen Verräter aus ihm zu machen. Sie war gerissener als der Mann. Der Mann hätte manchmal auch ganz gerne geschwiegen. Aber die Frau ließ ihn nicht schweigen, ständig hackte ihr Fragemund zu, und wo er nicht weiterkam, versuchte sie es mit ihren Gewehrmündungsaugen. Vorhin, als Heini hereingekommen war, hatte sie sie auch sofort angelegt; erst auf ihn, dann aus dem Fenster. Nicht, daß Kalle und Goschnik und alle anderen, die ihm nachgerannt waren, sich draußen bemerkbar gemacht hätten, so unklug waren die nicht; nein: die Gedanken der Frau hatten ihm das mit ihren Spatzenschnäbeln von der Stirne gepickt.

Aber er hatte sich an ihr gerächt. Denn als nachher dann *wirklich* Tullas dickes, vor Anstrengung jetzt beinah grünes Apfelgesicht hinter der Gardine am Fenster aufgetaucht war, da hatte Heini so unbeteiligt in seiner Suppe herumgerührt, daß die Frau und der Mann weder dem Fenster noch ihm etwas angemerkt hatten. Nun, und dann waren die Verfolger ja weg. Merkwürdig war das übrigens gewesen, nicht mal die Kinder spielten mehr auf dem Hof. Unwillkürlich richtete Heini sich auf.

Der Angler wurde jetzt rechts und links von zwei Reihen kopfloser Möwen flankiert; die linke innerste saß so dicht neben ihm, daß er sie fast mit seinem Ellenbogen anstieß; die schliefen, auf die war kein Verlaß.

Heini hob das Gesicht an und witterte. Der Wind – wo war der Wind? Der hätte ihm sagen können, ob seine plötzliche Unruhe berechtigt wäre. Doch er roch ihn nicht; sicher lag der jetzt wieder zusammengerollt in einem von Heinis kühlen, dachlosen Häusern und döste. Ärgerlich befahl ihm Heini in seinen Gedanken, sich aufzuraffen und seinen Dienst zu versehen; aber wie schon so oft: der Wind gehorchte ihm nicht.

Da hieß er zornig die Sonne, ihren Glutteppich straffer zu spannen und sprang und balancierte über die Trümmer darunter zum Schattenbezirk der Ruinen hinüber; wenn schon der Wind sich ihm widersetzte, die Wanderfalken fügten sich seinen Wünschen bestimmt.

Vor der toten Häuserwand sah er sich noch einmal um; nein, es war niemand zu sehen. Er schwang sich in eins der schwarz umrandeten Fenster und ließ sich innen auf den tiefer gelegenen Kellergrund fallen. Eine Ratte stob entsetzt vor ihm ab; er sandte ihr im Weitergehen einen zarten, hohen Beruhigungspfiff nach; das fehlte gerade noch, daß die ihn für einen Eindringling hielten! Wann würden die Ratten wohl endlich mal lernen, sich präzise nach ihren Nasen zu richten?

Der Keller war sehr lang und ging noch in einen anderen über. Dann war die Mauer durchbrochen, und man sah nur gähnendes Schwarz hinter ihr. Das war der unterirdische Gang, der zu den Lagerräumen der Tuchfabrik führte, in der die staubigen Sommernächte sich jetzt die Spinnwebfäden für ihr Taugeschmeide arbeiten ließen. Heini hatte das Werk an den Wanderfalken verpachtet, der zahlte mit Flugkunststücken und Späherdiensten dafür. Oben hätte man erst mühsam allerlei Ruinen umgehen und Gräser umtreten müssen, deshalb zog Heini diesen Maulwurfsgang vor.

Er lief lautlos, mit eingezogenem Kopf und vorgestreckten Händen, die Augen geschlossen: sehen störte im Dunkeln nur.

Nach einer Weile hörten die Wände rechts und links auf, und der kühle Schimmelgeruch begann sich mit Mörtelmehlduft zu vermischen. Ein paar Stufen noch, dann waren wieder die Augen dran, und sie konnten auch gleich, unter der beulig herabhängenden

Decke hindurch, fern auf dem Innenhof, das rötlich gedämpfte Tageslicht sehen.

Plötzlich blieb Heini stehen; es hatte etwas geschrien dort vorn. Er lauschte mit offenem Mund; das konnte nur der Wanderfalk sein.

Jetzt schrie es wieder; es klang klagend und grell, als schlüge ein winziger Hammer rasend auf frei schwebendes Blech. So schrie der Wanderfalk nur, wenn er sehr aufgeregt war. Heini duckte sich; vielleicht hatte eine Katze die Falken erschreckt. Wenn schon; Menschentiere hatten in seinem Reich nichts zu suchen.

Geräuschlos überkletterte er die mächtigen, durch alle Stockwerke gestürzten Firstquader, sprang über die brüchigen, mit Betonklumpen durchwirkten Netzfaschinen der Deckenverstrebung, kroch an der hofwärts weisenden Front der inneren Lagerraumwand einen hochstehenden Eisenträger empor und sah atemlos aus der Kellerluke hinaus.

Der Innenhof war rings von den kahlen, engfenstrigen Backsteinwänden der ausgebrannten Tuchfabrik eingeschlossen. Nur links, zur Straße hin, unterbrach eine schmale Toreinfahrt das rote Karree. Wenn er sich vorneigte, konnte Heini hinauf zur Horstnische sehen. Ein langsam absterbender Tollkirschenbusch krallte sich dort oben in den dürftigen Flugsand zwischen den Mauerritzen fest. Auf dem Geschmeiß der Falken, dessen kalkige Spritzer zwischen dem dritten und zweiten Stock die Hauswand fasrig geweißt hatten, lag scharf und schmerzend die Sonne. Die Falken waren jetzt still. Er sah sie nicht, aber dann glitten auf einmal ihre Flugschatten über den Hof. Sie verschwanden gleich wieder; doch kurz darauf flossen die Sichelschatten abermals über die Steinsplitter hin, und dann wieder und wieder.

Nein, es war keine Katze, was die Falken aufgescheucht hatte, es war mehr. Es war auch mehr als Erregung, was sie empfanden, es war Angst; die Eltern hatten Angst um ihr Kind. Für einen Augenblick sah Heini den kahlen Drachenkopf des Jungen sich einfältig und mit clownhaft verbreiterten Schnabellefzen aus der Horstnische neigen, dann riß ein Geräusch auf der Straße sein Gesicht zur Toreinfahrt herum: Schritte; dort, wo die Haubenlerche sich die hellen Unterseiten der Wegerichblätter unbedroht auf Raupen hin ansah, wagte jemand zu gehen!

Er kletterte aus der Kellerluke heraus und schob sich, eng an die Mauer gepreßt, langsam zum Hofeingang vor. Nun sah er auch, dicht über der Backsteinruine, in engen Spiralen das Falkenpaar kreisen; Vater und Mutter, und beide in Furcht. Er schluckte; sein Herz schlug plötzlich im Hals. Und dann hörte er wieder die Schritte; sie waren sehr nah: ihr Urheber schlich. Heinis Kopf versuchte noch etwas tiefer zwischen die Schultern zu rutschen, es ging aber nicht, die Ohren waren im Weg.

Und dann sah er ihn. Tulla; er wog abschätzend einen Stein in der Hand und starrte mit halb geöffnetem Mund zu dem Falkenpaar hoch.

Heini zitterte; er hatte die Fingerspitzen auf den Boden gestützt und konzentrierte sich auf den Sprung. Er war jetzt kein König mehr; er war ein Greifenjunges, mit Pantherflanken und einem Raubvogelkopf. Und dann sprang er.

IV. DIE AKTION

Es war zwanzig vor drei; der lodernde Hitzeschleier war eingesunken, nur um die wärmespeichernden Mauerreste herum flackerte die Luft, dicht über dem trümmerbedeckten Boden, noch kaum merklich auf. Am Kupfergraben kippte eine Frau mit stumpf blitzenden Lockenwicklern im Haar einen Mülleimer über dem Flußgitter aus; eine rötliche Staubwolke wuchs auf und zog träge die Friedrichsgracht hoch, trieb ab und zerging über den Köpfen der Jungen im Dunst.

Sie hatten eine lange Kette gebildet und hockten hinter den Nachtkerzenstauden, den Hausüberresten und Steinquadern und beobachteten angestrengt das Ruinengelände vor sich; sie erwarteten Tulla; da er am besten Bescheid wußte hier, war er als Späher vorgeschickt worden.

Es konnte nun niemand mehr aus dem Gelände heraus, denn entlang der drei hufeisenförmig zueinander verlaufenden Straßenzüge, die es umschlossen, waren Posten aufgestellt worden; sie gehörten nicht zu Goschnik und seinen Leuten; es waren Kinder, auch Mädchen. Die Jungen hatten sie schnell für ihren Plan gewinnen können; als man ihnen klargemacht hatte, daß es um Steppenkopp ginge, waren sie zu allem bereit gewesen.

Die Frage war nun nur noch, ob Tulla recht behalten würde mit seiner Prophezeiung: daß der Gesuchte sich um diese Zeit auch tatsächlich immer in diesem Gelände hier aufhielte. Tulla hatte es nicht für richtig befunden, ihn vor dem Haus zu erwarten; das fiele nur auf, und man hätte im Anwenden der Strafmaßnahmen auch nicht *die* Handlungsfreiheit, die man sich leisten könnte, wenn man ihn hier, zwischen den Trümmern, zu fassen bekäme.

Das hatte allen eingeleuchtet, auch Goschnik; und so hatten sie sich also zuerst mal zurückgezogen und hatten die Kinder geworben, und dann waren die Kinder aufgestellt worden, exakt und genau, und es war ihnen eingeschärft worden, sich so unauffällig wie möglich zu verhalten, doch zugleich auch all ihre Aufmerksamkeit auf das umzingelte Gelände zu richten, und sollte er auszubrechen versuchen, hätten sie ihn mit allen Mitteln zurückzutreiben.

Und als das geklärt war, hatten auch die Jungen Stellung bezogen; alle zwanzig Meter ein Mann,

Goschnik auf dem rechten, Kalle auf dem linken Flügel, Prißke, der am rachsüchtigsten war wegen seines geschwollenen Auges und der verbogenen Brille, als Stoßkeil in der Mitte. Sie waren sehr ungeduldig, Tulla hätte längst zurücksein müssen; alle paar Augenblicke hob einer den Kopf und sah nach rechts, zu Goschnik hinüber, ob der nicht endlich das Zeichen zum Losgehen gäbe.

Aber Goschnik wollte vorsichtig sein, schließlich war das kein Kinderspiel hier, ihm wäre sowieso lieber gewesen, man hätte truppweise vorgehen können; doch das verbot sich bei der Unübersichtlichkeit des Geländes von selbst, und man konnte nun nur hoffen, es würde gelingen, ihn einzukreisen; ein Mann war zu wenig für ihn, das hatte man ja in der Schule an Prißke gesehen.

Jetzt schlug es vom Rathaus herüber dreiviertel; nein, es nützte nichts, man mußte auf Tullas Meldung verzichten, sonst fingen die Posten noch an, am Erfolg des Unternehmens zu zweifeln. Goschnik erhob sich und stieß ein paarmal senkrecht die Faust in die Luft. Das Zeichen wurde weitergegeben, und als es ganz links bei Kalle angelangt war, setzten sich die Jungen langsam in Marsch. Goschnik hatte erst ein Trümmerfeld vor sich, auf dem noch eine übriggebliebene Hausecke stand; auf die hielt er zu; sie mußte ein guter Orientierungspunkt sein, denn Tulla hatte gesagt, er hätte Steppenkopp schon häufig dahinter verschwinden sehen.

Von innen betrachtet, war das auch eine sehr merkwürdige Hausecke. Eine rostige Fahrradkette hing an der Wand, und als sollte sie sich an dem kantigen Nagel nicht verletzen, war sie dort, wo sie ihn berührte, mit einem weißen Taschentuch umwickelt worden. Unter ihr krochen auf einer Schieferplatte, die auf zwei zittrigen Sprungfedern ruhte, grüne Schmeißfliegen herum. Goschnik erkannte blutverkrustete Spatzenflaumfedern auf ihr, und angeekelt trat er das Ganze zusammen. Am unheimlichsten aber war ihm der Knochen. Er lehnte schräg an der Wand und war beunruhigend groß und mit zahllosen schmutzigen Kinderfingerabdrücken bedeckt. Goschnik strich sich eine unsichtbare Haarsträhne aus der Stirn und blickte sich argwöhnisch um.

Es blieb ihm jetzt nichts weiter übrig, als dort vorn durch eins der ausgebrannten Fenster zu steigen. Tulla hatte gesagt, es gäbe nur eingestürzte Keller dahinter; niemand hatte diesen Weg wählen wollen, er verspräche keine Erfolgsaussichten, hieß es; aber das waren Ausreden gewesen: sie hatten Angst, durch eingestürzte Keller zu gehen; und um seine Anführerehre zu wahren, hatte Goschnik diesen Abschnitt selbst übernommen. Er bedauerte es jetzt; doch es war nicht mehr zu ändern, und sein linker Nebenmann war auch schon zu weit entfernt, um ihn noch zum Mitkommen bewegen zu können. So balancierte er nun zögernd zu den ausgebrannten Fenstern der Ruinenfassade hinüber, die das Trümmerfeld abschloß. Es war für keinen von ihnen einfach, in dem unwirtlichen Gelände plangemäß vorwärtszukommen; zu oft verlor man die anderen aus den Augen, und nicht überall gähnten ja zerfallene Hauseingänge und drohende Kellergewölbe, in die es, wie der Befehl lautete, so lange Steine hineinzuwerfen galt, bis feststand, es war niemand drin. So kam es, daß sich die Kette der Jungen mehr und mehr auseinanderzog und schließlich zerriß. Auf dem linken Flügel hatte daran allerdings auch noch etwas anderes schuld, nämlich Kalles Pedanterie. Kalle hatte sich schon in der Schule geschworen, die ständige Beleidigung, die Steppenkopp verkörperte, müßte ausgemerzt werden. Bisher war er immer der Meinung gewesen, am besten ließe sich das in der Turnstunde machen, und er hatte ihn auch schon einmal, wie durch Zufall, von der Leiter gestoßen; erfolglos natürlich, denn der verstand wie eine Katze zu fallen. Aber jetzt war die Gelegenheit, es ihm zu geben, wesentlich günstiger; Hauptsache, man übersah ihn nicht und ließ ihn nach rückwärts entwischen.

Mit dieser Sorge im Herzen ging Kalle nun derart bedächtig zu Werk, daß er bald weit hinter den anderen zurückblieb; denn warfen die zwei Steine in einen Keller, warf Kalle sechs; und begnügten die sich damit, darauf nur kurz mal ins Dunkel zu lauschen, unterzog sich Kalle auch noch der Mühe, jedesmal hinunterzusteigen; schließlich, es brauchte ja nicht jeder Stein gleich zu treffen.

Einmal klirrte es bei einem Wurf merkwürdig hell auf; Kalle riß ein Streichholz an und beugte sich in das Kellergewölbe hinab. Zuerst sah er nur die ungefähr in der Mitte des Raumes auf vier Backsteinstützen liegende Tür, sie war mit Zeitungsbogen bedeckt, und es standen allerlei blitzende Gegenstände auf ihr umher. Kalle ließ sich hinab, und da waren es winzige Tassen und Teller, und auch noch anderes Puppengeschirr; das meiste hatte der Stein durcheinandergeworfen, aber am oberen Ende der Tafel war noch deutlich eine Art Tischordnung zu erkennen; und auch eine hohe, kupferne Granathülle stand dort, sie diente als Vase und war mit Wasser und blühenden Nachtkerzenstauden gefüllt. Kalle befeuchtete sich atemlos die Lippen; dann riß er ein neues Streichholz an und blickte sich um. Jetzt sah er es: das ganze Kellergeviert war von frischen Rattenlöchern durchsiebt.

Er kam darauf sehr schnell wieder aus dem Gewölbe heraus, und fast wäre er ein Stück gerannt, hätte er vor sich, zwischen den Ruinen, jetzt nicht noch ein paar von den anderen entdeckt.

Ein flauer Wind hatte zu wehen begonnen, er drückte die Mauersegler tiefer herab und strich schmeichlerisch über die Klettenstauden und Hundsrosenbüsche hin und trug Prißke, der, einen scharfkantigen Stein in jeder Hand, lautlos die schmale, halb verschüttete und noch mit Brandbombenschwänzen gespickte Straße entlangschlich, wirbelnde Mörtelstaubfähnchen voran.

Prißke hatte sich einen Leukoplaststreifen um den zerbeulten Nasenbügel der Brille gewickelt, sie saß jetzt ganz schief, und er sah seine Umgebung ständig verzerrt; daher glaubte er erst sich zu irren, als er die an einem Pfahl festgebundene junge Birke erblickte. Doch dann stieß er wieder auf eine, und die war auch festgebunden, und als er sich umsah, waren die ganze ruinengesäumte Straße entlang, in leidlich regelmäßigen Abständen Birken eingepflanzt worden. Nein, es war unmöglich, daß ein Vogel oder der Wind sie so ausgesät hatten; es waren auch keine normalen Birken, dazu waren sie zu sehr verkrüppelt; es waren Trümmerbirken. Man konnte es auch an ihren gespreizten Wurzeln erkennen, von denen viele an der Oberfläche noch staubig waren und sonnengegerbt: diese Birken waren von Ruinen, Mauern und steinernen Nischen abgelöst worden. Sie schienen sogar regelmäßig gegossen zu werden, jede der kleinen Mulden, die sie umgaben, war feucht.

Prißke hatte es gern, wenn Unwahrscheinlichkeiten sich schnell erklären ließen; aber hierfür fand er keine Erklärung. Das heißt, er hatte schon eine, doch er gestand sie sich nicht ein, sie paßte nicht zu den Steinen in seinen Händen. Er blieb einen Augenblick stehen und fuhr sich erregt mit dem Daumen hinter die beschlagenen Brillengläser; vor ihm, neben einer hohen, brennend roten Fabrikruine, lag jetzt etwas, das schien besser zu passen.

Mit angehaltenem Atem und jäh entzündeten Flekken auf den blassen, eingefallenen Wangen schob sich Prißke, halb widerstrebend, halb triumphierend, heran. Es war Tulla; er lag mit blutverklebtem Haar auf dem Gesicht und fing eben an, wieder zu sich zu kommen.

Ehe Prißke ihm half, steckte er zwei Finger in den Mund und stieß einen schrillen, weithin hallenden Pfiff aus. Gerade da begannen auch wieder die Wanderfalken zu schreien.

Heini hörte sie in seinem unterirdischen Gang nur gedämpft. Er war dicht vor dem Mauerdurchbruch stehengeblieben und sah fern vor sich nun schon in schrägen, staubflirrenden Balken das Sonnenlicht durch die eingestürzte Kellerdecke hereinfallen. Dort erwartete ihn ein greller und unbeteiligter Tag. Trotzdem, er zog ihn jetzt dem heuchlerischen Schatten und dem verlogenen Dunkel seines untreuen Königreichs vor. Hätten ihn doch nur die Wanderfalkenschreie nicht mehr erreicht! Aber warum hatten die Falken auch seinen Befehl nicht befolgt und waren auf Jagd ausgeflogen? Das Schlimmste hatte er doch abgewendet von ihnen; und das Kind verriet sich ja nur, wenn es am Himmel die Eltern erkannte. Er verstand sie nicht; er verstand niemand mehr in seinem Reich. Die Ratten nicht und nicht den Wind. Nicht die herrenlosen Tauben und nicht die Steine. Weder die Asche noch den Staub. Auch die Nachtkerzen nicht, und schon gar nicht die Sonne. Keiner war ihm zu Hilfe gekommen; niemand hatte gehorcht. Er war allein.

Er lauschte noch einmal in das Dunkel zurück. Die Falken schrien immer noch. Nein, er konnte ihnen jetzt nicht mehr helfen, die Sonne hatte ihn verraten, er war machtlos. Er konnte jetzt nur noch den Altar zerstören und dann –

„Steppenkopp", sagte da eine gepreßte Stimme.

Heinis Kopf schnellte nach vorn; um eine Ecke des Nebenkellers herum sah Goschnik ihn an.

Heini hörte im Kehrtmachen noch, wie Goschnik einen Satz zu dem Mauerdurchbruch hin tat, dann hatte er nur noch das Geräusch seiner trommelnden Schritte im Ohr. Es war schwer, im Dunkeln zu rennen. Vielleicht rannte er auch gar nicht, vielleicht kroch er nur und hörte sein Herz. Denn es dauerte endlos, bis die Wände zurückfielen und die Steinstufen kamen und fern, unter der tiefhängenden Decke der Lagerräume hindurch, die vom sonnigen Innenhof geröteten Kellerluken aufglühten.

Goschnik allerdings war bestimmt gerannt; sonst hätte er unmöglich schon so nah sein können. Heini hörte sein Keuchen jetzt deutlich; es klang hart, rhythmisch, ausdauernd, verläßlich; fast, als würden Goschniks Beine von einem Motor bewegt. Heini schlug ein paar Haken; Goschnik steuerte mit. Heini übersprang einen Quader; Goschnik sprang auch. Heini stolperte, Goschnik nicht. Aber jetzt waren die Luken da. Heini duckte sich und federte hoch, und seine Hände krallten sich an dem Steingesims fest, und er zog sich hinauf.

Nun war Goschnik heran; er griff zu, Heini trat ihm unter das Kinn, Goschniks Griff löste sich, Heini bekam das Fußgelenk frei und wälzte sich auf den Hof.

Ein Pfiff: er taumelte auf; Prißke stand da, in seinen Brillengläsern zweimal die Sonne.

Schrittsalven prasselten jetzt draußen heran, brachen ab. Zurück zu den Luken. Halt, dort zwängte sich Goschnik heraus. Geblendet, geduckt tappte Heini zur anderen Hofseite hin. Nein, die Fenster waren zu hoch. Er drehte sich um.

Jetzt sah er sie alle; sie hatten Steine und zerbrochene Flaschen in den Händen und kamen langsam heran. Witternd hob er den Kopf, ob er die Falken nicht sähe. Der Himmel war leer.

AUTOBIOGRAPHISCHES NACHWORT

Ich bin 1920 in Frankfurt am Main geboren worden. Mein Erinnerungsvermögen setzt mit drei Jahren ein. Es hat aus dieser Zeit einen Teich festgehalten, in dem gelbe Trauerweidenblätter schwammen. Am Rand stand, unter einem schwarzen Tuch verborgen, ein Fotoapparat. Er hatte manchmal drei, manchmal fünf dürre Beine. Hatte er fünf, war der Fotograf mit unter dem Tuch. Ich schlief in einem Gitterbett, das aufregend nach rostigem Eisen und öligem Werg roch. Neben mir saß ein Teddybär. Er hatte eine Schelle um den Hals, und waren Männer mit Elchgeweihen und Katzen mit brennenden Augen in meinen Träumen gewesen, schüttelte ich den Bären; dann kam mein Vater auf das Klingeln herein und beruhigte mich wieder. Er war sehr viel jünger, als ich heute bin, hatte gerade seinen naturwissenschaftlichen Doktor gemacht und fuhr jeden Morgen, eine längsgefaltete Aktentasche, in der die Kaffeeflasche gluckerte, auf dem Gepäcksitz des Fahrrads, in eine Fabrik, die Glühbirnen machte.

Sonntags wurde gewandert. Im Spessart, am Altrhein, im Taunus. Eine von meines Vaters Wanderfreundinnen hatte hinten einen schwarzgebrannten Kochtopf und vorn eine buntbebänderte Klampfe. Sie sang Hermann-Löns-Lieder, trug Haarschnecken auf beiden Ohren und einen Metallreifen über den Scheitel; sie konnte sehr guten Apfelbrei kochen. Ich war häufig krank damals und sehr oft in Heimen. In Hirschhorn am Neckar umsorgten mich Nonnen. Sie hängten mir ein Laken über den Kopf, in das ich hineingemacht hatte, und ließen mich von den andern Kindern verhöhnen. Im Allgäu später war es dann schöner. Dort lebte ein geistesschwacher Mann mit im Heim, der fallsüchtig war und wunderbar Ziehharmonika spielte. Wir weinten immer, wenn er seine Krämpfe bekam. Als mich dort mein Vater besuchte, wurde ihm zu Ehren die Kapellenglocke geläutet. Er war Bibliothekar geworden inzwischen; aber es gefiel ihm nicht mehr in Frankfurt; mit einer neuen Freundin zusammen, die Malerin war, zogen wir um nach Berlin.

In Berlin kam ich 1928 ein zweites Mal auf die Welt. Wir wohnten ganz im Nordosten, in Weißensee, einem Arbeiterviertel. Es gab viel Mauersegler am Himmel und fast ständig politische Unruhen auf den Straßen. Im Haus arbeitete ein jüdischer Glaser. Wenn er einen Spiegel reparierte, setzte er immer erst eine dunkle Brille auf, wegen der fremden Blicke, die den Spiegel unrein gemacht hatten. Es war ein Eckhaus mit einer Kneipe darin. Alle paar Tage kehrten vom nahegelegenen Friedhof die Trauergemeinden zum Totengedenkessen dort ein. Es gab immer dasselbe: Eisbein mit Sauerkraut, und dazwischen tauchten die Frauen ihre verweinten Gesichter in die großen, besänftigend kühlen Weiße-Gläser hinein. Mein Vater hatte eine Stelle als Bibliothekar an der Berliner Stadtbibliothek erhalten und war für Weißensee zum Naturschutzbeauftragten ernannt worden. Er durfte sich ein schönes Emailleschild am Hauseingang anbringen lassen, auf dem seine Sprechstunden standen. Doch in all der Zeit ist nur einmal ein kleiner Junge mit einem Maikäfer gekommen, dem eine Flügeldecke abgebrochen war. Ich ging auf eine sogenannte Weltliche Schule, die ein Schülerparlament hatte und Lehrer absetzen konnte. Wir machten Ferienausflüge mit russischen Kindern und sahen uns in der Schulaula Revolutionsfilme an. Mein Freund war Richard. Sein Vater zog im Keller der Wohnlaube antinazistische Flugblätter ab, die er uns in die Schulmappen steckte. Wir hatten einen Plan im Kopf, wo die SA-Lokale lagen; dort warfen wir die Flugblätter aufs Pflaster.

Mein Vater sorgte dafür, daß auch die Natur nicht zu kurz kam. Abends fuhren wir manchmal im Bus auf die Rieselfelder hinaus und setzten uns an Stellen, wo wilder Schnittlauch wuchs, zum Abendbrot nieder. Sonntags wurde gewandert wie stets. In der Schorfheide, in der Dubrow, im Spreewald, im Kremmener Luch. Die Ferien verlebte ich auf Forsthäusern. In einem hat ein österreichischer Millionär mich das Angeln gelehrt. Auch auf einem westpreußischen Gut war ich oft. In den endlosen Wäldern dort hat noch der Uhu gehaust. An seinem Horstbaum hing einmal in Steigeisen kopfunter ein bärtiger Mann. Er hatte dem Uhu das Kind rauben wollen. Der Uhu hatte das Gesicht des Mannes bis zur Unkenntlichkeit entstellt. Mein Vater kontrollierte die Ernährung der Nachtraubvögel und schrieb eine wissenschaftliche Arbeit darüber. Wir haben Eulen immer geliebt. Im Tiergarten, in Berlin, haben wir mit den Waldkäuzen zusammengearbeitet, und etwa vier Monate lang war auch eine junge Waldohreule in Weißensee unser Gast. Als sie groß genug war, um für sich selber sorgen zu können, brachten wir sie über dreißig Kilometer weit weg und ließen sie frei. Wenige Stunden später hockte sie wieder genau so übelnehmerisch auf der Schreibtischkante wie zuvor. Die Nazi-Ära war angebrochen inzwischen; die Weltliche Schule gab es nicht mehr, und viele unserer Lehrer waren abgeholt worden.

Ich ging aufs Humanistische Gymnasium jetzt. Von Griechisch verstand ich nicht viel, aber was Humanismus ist, habe ich leidlich begriffen. Vorm Inneneingang des Gymnasiums stand unter der Sokratesbüste eine Kiste für Knochen und eine für gebrauchte Zahnpastatuben. Viele Lehrkräfte hatten schon umgesattelt; unser Ordinarius allerdings ritt ein demokratisches Steckenpferd, bis man ihn seines Amtes enthob. Wir waren umgezogen und wohnten jetzt in einer zu Unrecht verrufenen Gegend hinter der Jannowitzbrücke, in einem möblierten Zimmer. Hier habe ich zu begreifen gelernt, was Großstadttraurigkeit ist. Immer mehr Jungen und Mädchen trugen jetzt Uniformen. Immer mehr zog ich mich vor allen zurück. Ich las Schopenhauer, Edgar Wallace und Thomas Mann, blieb sitzen im Gymnasium und befreundete mich mit einem katholischen Jungen, der Mönch werden wollte, aber dann Kriminalkommissar wurde. Wir besuchten fast sämtliche Klöster in Berlin und versuchten, aus den Patres herauszubekommen, ob sie ein Mittel gegen den grassierenden Ungeist wüßten. Ja, sie wußten eins;

aber es war nicht das meine. Vor allem nicht, seit ich am 9. November 1938 fassungslos vor den leergeplünderten Schaufenstern des Kaufhauses Israel in der Rathausstraße gestanden hatte, und am Abend hatte der Himmel vom Brand der Synagoge in der Oranienburger Straße wie ein Schmelztiegel geglüht. Ich verstand nicht, wie der Gott, den uns die Patres so eifrig empfahlen, das zulassen konnte.

Ein Jahr später zog man mich ein. Ich mußte in Ostpreußen Flugplätze planieren. Während des deutschen Angriffskrieges auf Polen hatten wir die Schlachtfelder von den Toten zu säubern. Auf dem Kasernenhof in Potsdam lernten wir dann, mit aufgepflanztem Bajonett in einen Sandsack zu stechen. Auf dem Sack war ein Kreidestrich, der die Gürtellinie darstellte. Drei numerierte Kreise unterhalb der Gürtellinie bezeichneten die für den Einstich anatomisch wirksamsten Stellen. Ich bin sechseinhalb Jahre Soldat gewesen. Die ganze Zeit hindurch hat auf unseren Koppelschlössern die Lästerung „Gott mit uns“ gestanden. Zuletzt war ich in der Strafkompanie. Man warf mir vor, ich hätte die Manneszucht untergraben. Mit der Zivilbevölkerung zusammen haben wir Minen geräumt. Während die sowjetischen Panzer uns jagten, gelang es mir, verlorenzugehen; ich zog Zivilkleidung an und bin weiter nach Westen gelaufen.

Während dieser letzten Kriegstage kam ich zum dritten Mal auf die Welt. Es war eine Zangengeburt: Die Freiheit zerrte, und der Krieg gab einen nicht frei. In Berlin wurde noch gekämpft. So wich ich aus nach Westfalen. Ich half in der Landwirtschaft; nachts, auf einer umgedrehten Krippe, die nach Häcksel und Pferdeschweiß roch, begann ich zu schreiben. Das heißt, es war mehr ein Beschwören. All das Elend, das Grauen, die Toten –: das ließ einen nicht los. Und auch das Schuldgefühl wollte, daß man sich stellte. Tags erfuhr ich auf bienensummenden Feldern, nur zwei glänzende Pferdekruppen und die gelassen sich drehenden Flügel der Mähmaschine vor Augen, was Frieden ist. Ich begriff es nur zögernd, denn Nacht für Nacht tobte wieder der Krieg los im Hirn. Bald erschien mir das dörfliche Leben verlogen. Ich fing an, Heimweh nach Brandmauern, nach kahlen Kohlenplätzen, nach S-Bahnschienen und Mauerseglern zu kriegen. Wenig später habe ich im Harz, hart an der Grünen Grenze gelegen und darauf gewartet, daß der sowjetische Posten mal austreten ginge. Ich lag so still, daß mir ein Rotschwänzchen über die Finger hüpfte. Aber erst in der Nacht habe ich mich hinübergewagt, denn es kauerten auch mehrere Tote am Hang. Auf überfüllten Güterzügen trampte ich zurück nach Berlin. Mein Vater lebte noch; aber Berlin schien im Sterben zu liegen. Die Bevölkerung Weißensees allerdings, zu der auch mein Vater nun wieder zählte, sie war vernünftig gewesen und hatte sich den Russen kampflos ergeben. Mein Vater mußte die Wohnung mit einem Sowjetmajor teilen. Der hatte nichts dagegen, daß ich in seinem Zimmer den Schreibtisch benutzte. Ja, manchmal lag sogar ein fettes Stück Speck auf den Manuskriptseiten, oder der Major holte uns aus dem Schlaf, um Schach oder Mensch ärgere dich nicht mit uns zu spielen.

Allmählich rührte es sich wieder in Berlin, und man merkte, die Stadt war nur scheintot gewesen. Ich versuchte, als Volontär bei Ullstein anzufangen. Aber ich konnte keine Vorgesetzten mehr ertragen und war umbruchtechnisch auch nicht sonderlich begabt. Also schrieb ich weiterhin Geschichten und versuchte, weiter schreibend mit meiner Angst fertigzuwerden, das Geschehene könne sich wiederholen. Langsam erschienen nun auch die ersten Arbeiten von mir; allerdings sehr zur Mißgunst der Russen. Ich wurde zum Kommandanten zitiert, der mir nahlegte, ich sollte aufhören, in amerikanisch und britisch lizenzierten Zeitschriften zu schreiben. Ich fragte meinen Vater, ob er Lust hätte, mit nach Westberlin zu kommen. Aber er zog es vor, Ostberlin die Treue zu halten. So ging ich allein. Von nun an bestand mein Leben eigentlich nur noch aus Schreiben. Ich versuchte, aus der zertrümmerten Sprache wieder ein brauchbares Instrument zu machen, und immer wieder vor allem, mich mit der jüngsten Vergangenheit auseinanderzusetzen. 1947 habe ich, mit einigen anderen jüngeren Autoren zusammen, die ebenfalls erst nach dem Krieg zu schreiben begonnen hatten, die Gruppe 47 begründet. In Berlin half ich allerlei Zeitschriften teils aus der Taufe zu heben, teils zu Grabe zu tragen. Ich lief viel in der Stadt herum und prägte mir ihre Gerüche, ihre Gesichter, ihre Sprache neu ein. Es war die Wiederbegegnung mit einer alten Vertrauten, von der man nie loskommen kann. Aber ich war nicht auf sie allein angewiesen, denn 1952 heiratete ich. Aus unserer Ehe sind elf Bücher hervorgegangen, keins denkbar ohne meine Frau, keins denkbar ohne Berlin. Das letzte Buch allerdings hätte besser keinen Anlaß gehabt, gemacht werden zu müssen. Es heißt *Berlin – Eine Stadt wird geteilt* und zeigt in Fotos und Texten, was Berlin seit der Errichtung jener blutbefleckten Mauer angetan wurde. Und während ich dieses hier schreibe, sehe ich auch meinen Vater wieder, den ich am 16. August vorigen Jahres zum letzten Mal in Ostberlin besuchen konnte, wie er hinter der Kette aus schwerbewaffneten Volkspolizisten schluckend zurückbleiben mußte. Er winkt.

Berlin, im Mai 1962 *Wolfdietrich Schnurre*

INHALT

Deutsche Erzähler der Gegenwart

EINE ANTHOLOGIE

Herausgegeben und eingeleitet von Willi Fehse
365 Seiten. Kartoniert und Ganzleinen
UB Nr. 8262 [5]

Autoren: Ilse Aichinger · Wolfgang Altendorf · Paul Alverdes · Alfred Andersch · Stefan Andres · Walter Bauer · Ulrich Becher · Rolf Becker · Martin Beheim-Schwarzbach · Hans Bender · Werner Bergengruen Horst Bienek · Friedrich Bischoff · Heinrich Böll Georg Britting · Hans Daiber · Kasimir Edschmid Herbert Eisenreich · Willi Fehse · Gertrud Fussenegger · Gerd Gaiser · Ernst Glaeser · Albrecht Goes Hugo Hartung · Manfred Hausmann · Wolfgang Hildesheimer · Meinrad Inglin · Walter Jens · Hermann Kasack · Hermann Kesten · Fritz Knöller Wolfgang Koeppen · Rudolf Krämer-Badoni · Willy Kramp · Ernst Kreuder · Kurt Kusenberg · Siegfried Lenz · Reinhard Lettau · Hans Lipinsky-Gottersdorf Max Mell · Benno Meyer-Wehlack · Josef Mühlberger Franz Nabl · Hans Erich Nossack · Heinz Piontek Gerhart Pohl · Luise Rinser · Heinz Risse · Klaus Roehler · Peter Rosinski · Paul Schallück · Arno Schmidt · Walter Schmiele · Ernst Schnabel · Wolfdietrich Schnurre · August Scholtis · Rolf Schroers Hans Schumacher · Ina Seidel · Hermann Stahl · Franz Tumler · Georg von der Vring · Karl Heinrich Waggerl · Martin Walser

PHILIPP RECLAM JUN. STUTTGART